생과 사

생과 사

발행일 2025년 10월 17일

지은이 정승수
펴낸이 손형국
펴낸곳 (주)북랩

출판등록 2004. 12. 1(제2012-000051호)
주소 서울특별시 금천구 가산디지털 1로 168, 우림라이온스밸리 B동 B111호, B113~115호
홈페이지 www.book.co.kr
전화번호 (02)2026-5777   팩스 (02)3159-9637

ISBN 979-11-7224-901-4 03810 (종이책)   979-11-7224-902-1 05810 (전자책)

잘못된 책은 구입한 곳에서 교환해드립니다.
이 책은 저작권법에 따라 보호받는 저작물이므로 무단 전재와 복제를 금합니다.
본 도서는 (주)북랩이 보유한 리코 인쇄 장비 등 자체 생산 인프라를 통해 제작되었습니다.

작가 연락처 문의 ▸ ask.book.co.kr
전용 게시판에 문의를 남기시면 저자에게 직접 전달됩니다.

(주)북랩 성공출판의 파트너
북랩 홈페이지와 SNS에서 다양한 출판 솔루션을 만나 보세요!

홈페이지 book.co.kr   •   블로그 blog.naver.com/essaybook   •   출판문의 text@book.co.kr
카톡채널 북랩

생과 사

정승수 지음

살아남은 자와 쓰러진 자,
그 현장을 목격한 소년의 시선이 교차하며
한국전쟁의 진실을 드러낸

정승수 실화 소설 『생과 사』!

북랩

내 고향 봄내 여울

어머니 품 같은 내 고향 춘천은 여러 번 외침을 받았지요. 그러나 6·25 전쟁은 동족끼리의 비참한 싸움이었어요.

요즘 풍족한 세대는 전쟁의 참혹함을 모르겠지만, 75년 전 6·25를 겪은 전쟁체험담은 남북이 휴전상태로 있는 지금도 많은 교훈을 주고 있지요.

인천 상륙작전, 다부동 전투, 춘천 전투를 삼대 대첩이라고 해요. 그중 위기에 처한 나라를 몸으로 막아낸 '춘천 3일 전투'가 역사의 수레바퀴 속에 묻혀있는 것을 아쉽게 생각해요.

대한민국을 구원한 이곳 소양교에서 6월이 오면 그때의 상황을 되돌아보아요. 꽃잎처럼 떨어져 간 수많은 젊은 용사들의 살신성인殺身成仁 정신을 추모하면서, 북한 독재정권이 다시는 이런 전쟁의 참화를 일으키지 않도록 다짐하는 자리가 되었으면 해요.

우크라이나 다음으로 아레스 신 전쟁의 눈은, 어느 나라를 향해 있을까요? 주적은 대한민국이라며, 올해 들어 "핵 무력 포함, 남조선 영토 평정을 위한 준비에 계속 박차를 가해 나가겠다."고 김정은이 말했어요. 제2의 6·25 전쟁이 일어난다면 그 생지옥을 상상해 보세요? 나라가 멸망한다면 진보·보수가 어디 있겠습니까? 무엇보다 국가 안보가 최우선입니다.

  남북전쟁은 아직 끝나지 않았어요. 『생과 사』란 제목으로 한 소년이 겪은 수난의 역사를 함께 체험해 보실까요?

2025년 9월 춘천 호반에서

정승수

차례

내 고향 봄내 여울	4

1.	박노원 은사님을 찾아서	9
2.	갑자기 온 선물 해방	19
3.	원한의 38선	33
4.	개전 첫날- 6월 25일(일)	43
5.	개전 둘째 날- 6월 26일(월)	79
6.	개전 셋째 날- 6월 27일(화)	87
7.	원창고개의 혈투	99

8. 붉은 세상으로 바뀌다	109
9. 강제 부역	129
10. 다시 찾은 태극기	145
11. 1·4 후퇴	157
12. 구걸하는 피란생활	173
13. 고향으로 돌아오다	181
14. 50년 후에 만난 김명규 대령	199

| 대한민국을 위한 기도 | 203 |

| 참고 문헌 | 205 |

1
박노원 은사님을 찾아서

휴전 후에 준호는 사범학교에 다시 복학했다. 그가 교사가 되려는 것은 다만 아이들을 사랑하기 때문이다. 졸업반이라 춘천사범부속국민학교에 교생실습을 나갔다. 4학년 달반이었다. 그 반에서 우연히 박노원 은사님의 딸을 만났다. 이름은 박슬기로 반짝이는 별 같은 눈과 교회 종탑처럼 코는 오똑 섰다.

슬기를 만나니 초등학교 때 담임이신 박노원 스승님을 만난 듯 반가웠다. 슬기를 앞세우고 그 가정을 방문했다. 슬기 어머니가 친절히 맞아주셨다. 응접실에는 군인 장교 제복을 입은 그분의 사진과 목걸이 십자가가 그 앞에 놓여있었다.

"그 십자가 목걸이는 어머니의 선물로 늘 착용하고 다녔지요."

슬기 엄마는 눈시울을 적셨다. 은사님의 나라 사랑 정신을 본받아 뜻있는 삶을 살아야 하겠다고 스스로 다짐했다.

준호는 7월 어느 날, 백마고지를 답사했다. 산모롱이를 돌아가는 곳에 태고가 머무는 적막한 산골, 삶과 죽음이 명멸하던 전쟁터에 아무렇게나 세워진 십자목이 보였다. 이름 없는 병사가 잠든 돌무덤 같다. 한때 아까운 청춘들이 포탄과 함께 산화한 격전의 현장이다. 꽃다운 얼굴들이 세월 따라 밀물에 사라지고 백골은 겨우 한 줌밖에 남지 않았다. 이들은 가족 품에 안겨달라고 밤마다 별들에게 외쳐보지만 허공 속으로 메아리칠 뿐 십자목도 지쳐서 바람 따라 기울고 있었다.

준호는 지금 화살머리 고지에 서 있다. 7월의 뜨거운 햇빛에 얼굴이 따갑다. 갑자기 날파람이 고지 위를 쏜살같이 휘감고 달아난다. 그가 서 있는 고지가 꿈틀거리며 지진처럼 움직인다. 떡갈나무들이 저벅저벅 그의 앞으로 다가온다.

"아! 그때 여름은 얼마나 뜨겁고 포탄이 작렬했을까?"

너무 뜨거워 철모도 녹아 내릴 듯한 칠월 하순. 이 산꼭대기에선 백병전이 일어났었다. 삼복더위에 쏟아지는 햇빛을 받아 젊은 병사들의 심장도 터져 그 피가 개울물처럼 저 계곡으로 흘러내렸으리라.

같은 하늘 아래 사는 동족끼리 누가 누구를 서로 죽여야 하는지? 민주주의는 무엇이고 공산주의는 무엇인지? 그 뜻도 모른 채 오직 살아남기 위해서 적군을 향해 마구 총을 쏘았던 젊은 피가 여기 산등성이에 지금도 샘물처럼 고여 있는 듯하다. 저 치열했던 칠월의 마지막 전투에서 오직 나라를 지키겠다는 일념으로 싸웠던 화살머리 고지. 나무 한 그루 서 있지 않은 민둥산의 불볕더위와 목마름, 죽음에 대한 두려움 속에서 도피할 곳은 어디도 없었다.

휴전을 앞둔 며칠 전, 시시때때로 쳐들어오는 적을 막으려면 그들이 파놓은 참호 속에 있어야 하고, 그곳이 그들의 무덤이 될지도 모른다.

저 죽음의 골짜기에서 젊은 나이에 청춘을 마쳐야 한다면 얼마나 원통했겠는가? 누구도 도와줄 수 없는 급박한 상황에서 적을 죽여 내가 살거나, 아니면 적의 총알이 날아와 내가 죽는 길밖에는 선택할 여지가 아무것도 없다.

'사격 자세'로 적을 향해 총을 겨누면서 죽어도 백마고지를 지킨 유해를 바라보노라면 준호는 눈가에 이슬 같은 눈물이 고였다. 목숨은 흙에 묻혔다. 거의 썩어 형체만 남은 자세. 백골엔 표정이 없다. 그러나 외치고 있다.

"나는 살고 싶다. 너랑 살고 싶었다. 살아서 죽음보다 그리운 것이 되고 싶었다."

억만년이 지나도 한이 서린 백골, 그의 목숨 안에 비치는 샛별. 죽은 사람에게 아무리 높은 훈장을 줄지라도 생명과는 바꿀 수 없다. 후세들은 전사자들의 애국심을 본받자고 말해 보지만 구호일 뿐, 전사자만이 억울할 뿐이다.

준호는 아직도 그날의 함성이 바람 타고 들려온다. 이름도 없이 사라져간 청춘들의 원성을…. 어느 한 많은 시공을 지나 그 영혼들은 환생하여 겨울철이면 학이 되어 철원평야로 가득 날아들었으리라.

위정자들이 권력을 탐하고 땅을 빼앗으려고 전쟁을 일으켰다. 생지옥이 따로 없다. 칠월의 화살머리고지 75년 전 그날, 낙엽처럼 떨어져 간 박노원 선생님을 생각한다. 그날의 포화 속에 사라져간 스승님을 떠올리면 한없는 슬픔에 눈물이 샘물처럼 흐른다.

이제 늦게나마 화살머리고지에 평화기념관 건립을 했다. 분단의 역사와 백성들의 아픔을 치유하고 남북 공동체 회복을 위한 평화, 희망 등의 비전을 형상화한 라키비움(도서관+기록관+박물관) 형태의 복합공간 기념관을 세웠다. 그 기록관에 수많은 이름 가운데 대위 박노원이라는 이름이 대리석에 뚜렷하게 새

겨져 있다. 검지손가락으로 그 이름 위에 써본다.

돌아서는 준호의 발목을 누군가 꽉 잡고 놓지 않는다.

"제발 우리 젊은 목숨이 헛되지 않게 죽었다고 말해다오"

바람 소리에 들리는 듯 그는 차마 발걸음을 뗄 수 없어 한동안 자석에 붙은 못처럼 오도카니 서 있었다. 인생은 너무 짧다. 오래 산들 백 년이다. 박 중대장님은 26살 젊은 나이에 순국하셨다. 인생은 의미이다. 헛되이 백 년을 산들 무엇 하랴? 짧고 굵게 뜻있게 살아야 오래 살고 영원히 사는 것이라는 것을 깨달았다.

어느새 서쪽 하늘이 붉게 물들기 시작했다. 핏빛 노을, 이름 없이 죽어간 젊은 영혼들이 토해내는 붉은 피를 연상했다.

박노원 대위는 영천전투에서 오른편 다리에 부상을 입고 부산 육군병원에 입원한 때가 있었다. 6개월 진단이 나왔다. 전역 대상이나 치료 중에 걷기를 열심히 하여 3개월 만에 회복되었다. 정성껏 간호해 준 간호장교 김보배를 만나 결혼하게 되었다. 홀로 안전한 곳에 있는 것이 부끄러워 다시 자원하여 6사단에서 9사단으로 전출했다.

그가 사수하고 있는 백마고지는 휴전회담을 유리하게 이끌기 위해 다양한 방안을 마련했다. 대적은 중 공군이 수노하는 고지 쟁탈전이었다. 그중 한반도 중앙의 요충지 '철의 삼각지대'로 관심이 집중됐다.

국군 9사단 박노원 2중대장은 395고지를 지키고 있었다. 철원평야와 평강고원을 한눈에 담을 수 있는 한반도 중심부인 중요한 고지여서 수시로 치열한 전투가 벌어졌다. 철의 삼각지대는 평강으로 향할수록 지대가 높아져 수비하는 국군과 유엔군은 불리한 조건이었다. 공세에 나서는 중공군은 유리한 지형과 우세한 병력을 앞세워 군 전략적으로 가장 중요한 철원 일대를 확보하기 위해 395고지를 노리고 대규모 공세를 감행했다. 국군 9사단은 중공군 3개 사단에 맞서 싸웠다.

미군 528정보중대에서 정찰기를 띄워 적군의 병력 배치, 지형, 잠재적 위험 등 전장 상황 정보를 한국군에게 전달해 전략적인 판단과 작전 수립을 지원해 주었다. 그러므로 전투 수행과 병력 손실 방지에 큰 역할을 했다.

1952년 10월 6일 새벽, 395고지 주봉으로 중공군의 공격이 시작됐다. 6일부터 9일까지 9사단과 중공군은 주로 포격전을 벌였다. 중공군은 유엔군에 비해 화력의 열세를 절감했다.

국군 9사단이 지키고 있는 395고지 사수를 위해 항공기를 투입, 중공군 포병부대에 대해 대대적인 폭격을 실시했다. 중공군도 9사단이 사수하고 있는 395고지 정상에 집중적으로 포격을 가하는 한편 국군의 증원과 군수지원을 방해하려고 395고지 북쪽에 위치한 봉래호의 수문을 폭파해 역곡천을 범람시켰다.

7월 7일부터 11일까지 국군 9사단과 중공군의 고지 쟁탈전이 치열하게 벌어졌다. 화력에 열세를 보이던 중공군은 야간에 공격을 감행해 9사단이 방어하는 395고지를 점령했다. 이에 밀려난 9사단은 신속하게 예비대를 동원, 반격에 나서 고지 재탈환하기를 반복했다. 395고지에서는 밤낮을 가리지 않고 전투가 이어졌다. 고지전을 할 때는 분홍색 모포 두 장 크기의 비널판으로 표식을 해 공중에서 폭격하는 마지노선을 알렸다. 총성과 포격이 멈춘 시간이 얼마 되지 않을 만큼 밤낮으로 격렬한 공방전이 계속됐다.

김명호 일등중사는, 박노원 중대의 박격포 소대 일등중사였다. 그는 전투가 한 번 끝날 때마다 중대원 숫자 확인하기가 무서웠다고 한다. 170명 중대원 중 전사 70명, 부상 50명, 행방불명 30명, 현 인원 20명 정도였다. 낮에는 먼지로 뒤섞였고, 밤엔 불꽃놀이 같았다고 했다. 백마고지는 인간이 살아서 겪은 유일한 생지옥이고 그것은 바로 전쟁이라고 한다.

당시 사단장 김종오 장군과 주요 지휘관들은 395고지 쟁탈전에서 적절한 시기에 강력한 예비대를 투입하는 등 효율적인 부대 운영과 작전을 펼쳤고 전체적으로 전황을 유리하게 이끌어갔다. 395고지에서는 12차례의 고지 쟁탈전이 있었고 7번이나 고지 주봉의 주인이 바뀌는 혈투가 벌어졌다. 이번 전투에 박노원 대위가 이끄는 2중대도 병사 3분의 2가 전사했다. 박 중대장이 보충병을 이끌고 다시 싸움터로 나가기 전에, 군목은 이렇게 기도했다.

"생사화복을 주관하시는 하나님, 바람처럼 오시어 이 싸움을 승리로 이끄시옵소서. 불길처럼 오시어 악한 군대를 물리쳐 주시옵소서. 비둘기처럼 오시어 살기등등한 적들에게 평화의 노래를 듣게 하소서. 삭막한 이 고지에 비를 내리시어 메마른 심령을 은혜로 적셔주소서. 부활의 주님, 살벌한 전쟁터 백마고지에 말씀과 자유, 평화가 임하옵소서. 마라나타, 성령이시여 포화 속에 장병들의 생명을 보호하옵소서. 아-멘."

다시 12일 395고지 주봉을 점령한 9사단의 방어전이 진행됐다. 9사단의 계속된 방어전에 중공군은 많은 병력을 잃었고 화력에서도 유엔군에 열세를 드러냈다. 결국 9사단은 395고지 북쪽의 낙타능선상의 전초기지인 화살머리를 탈환하면서 중공군을 완벽하게 몰아내는 데 성공했다. 이제 7월 27일 밤 10시를 기해 전투가 중지된다.

"전쟁에선 승리보다 값진 것은 없다."

박노원 중대장은 힘주어 말했다. 백마고지를 지켜낸 부대원들의 불굴의 투지를 높이 칭찬했다. 우박처럼 쏟아지는 포탄 속에서 지금까지 살아있음을 축하하고 있을 때, 중공군이 최후 야간공격을 해오고 있었다. 용기는 마음을 강하게 담대하게 해준다. 그렇다고 두려움을 전혀 모르는 것이 아니다. 두려움은 있지만 적극적인 용기를 가지고 앞으로 전진하는 것이 신념이다. 신념은 자신을 구하고 부하들을 구하는 가장 큰 힘이다. 박 중대장은 이런 신념으로 진두지휘하고, 중대원들 모두 적을 격퇴하고 있었다. 이때, 그를 향해 중공군의 방망이 수류탄이 날아왔다. '아차' 하는 순간 참호 속에서 "펑-" 터져 박 중대장은 그 자리에서 전사했다. 시계를 보니 9시 50분, 휴전 시각 10분 전이었다. 너무나 안타까운 운명이었다. 중대장을 잃은 뒤 부대원들의 마음은 온통 캄캄한 그믐밤이 되어 울고 또 울었다.

많은 장병들의 진정한 슬픔 속에 전사하는 것도 쉽지 않다. 다른 사람은 애도할지라도 자신이 기쁜 마음으로 저세상으로 가는 것은 더 쉽지 않다. 박 중대장님은 늘 인생의 마지막을 생각하면서 전투에 임하셨다. 그가 전사할 때 장병들이 울음을 터뜨리지만 그분 자신은 기쁘게 갈 수 있도록 조국을 위해 의미 있게 살아오셨다.

치열한 백병전과 함께 수 만발의 포탄이 395고지를 타격하자 고지의 수목은 사라지고 하얗게 된 민둥산의 모습은 흡사 흰 말이 누워 있는 것처럼 보였다. 이에 국군은 백마고지로, 9사단을 백마부대로 부르게 됐다.

이 전투에서 9사단은 3,500여 명의 사상자를 냈다. 중공군은 무려 1만 4,000명 이상의 사상자가 발생했다. 백마고지 전투로 중공군 제38군 예하 3개 사단이 와해 됐다. 철원평야를 빼앗긴 김일성은 눈물을 흘렸다고 한다. 나라를 지키기 위해 이름 없었던 395고지에서 적에 맞서 싸우다 장렬히 전사한 우리 군인들의 숭고한 희생정신을 잊지 말자고 준호는 다짐했다.

휴전선은 하느님이 이 민족에게 다시 시험문제를 낸 것이다. 합격하면 사는 것이고 낙제하면 핵폭탄으로 남북한 모두 멸망하는 것이리라. 평화를 위장한 휴전선은 언제 전쟁이 터질지 모르는 휴화산이다.

온통 초록빛으로 너울너울 춤추는 산. 휴전선 비무장지대의 나무 그늘에선 노루가 한가롭게 풀을 뜯고 멧돼지는 씩씩거리며 칡뿌리를 쑤신다. 뭉게구름 유유히 북으로 흘러가고 산비둘기 자유롭게 남쪽으로 날아온다.

평강도 철원도 우리 조상이 살던 땅, 지금은 서로 총구를 겨누고 있다. 언제 산불처럼 불시에 훨훨 타오를 것만 같은 초조감에서 병사들은 적막을 지키고 있다. 이념이 다르다고 핏줄을 속일 수는 없다. 휴전선에 어둠이 오고 이념의 황혼이 온다. 산마루에서 말없이 바라보는 북녘땅은 장엄하다. 언제까지 서로 가슴에 총구를 겨눌 것인가? 강물이 북에서 남으로 흐르듯 마음을 열고 한탄강처럼 서로 화합하자. 자자손손 이어갈 빛나는 우리 땅. 민족의 염원 통일을 이루자고 생각했다.

풀섶에 누워 그날을 본다
하늘이 울리고 땅이 갈라지듯 적들이 몰려오는 저 산과 강에서 우리는 끓는 피로 용솟음치며 넘어지려는 조국을 감쌌다
이 한 몸 초개같이 바치려 숨찬 목소리로 다 같이 강물을 헤치고 산을 부수며 달려오는 적들을 막았노라
수많은 적을 따라 소탕하고 조국의 얼로 내달려 떡갈나무 사이로 스며드는 원수의 고함을 눌러 버렸나니
쓰러지며 죽으면서도 다시 일어나 숨결을 돌리고 숨지려는 조국을 살리었노라
나의 조국 영원한 땅이여!
만세를 가도록 그 얼은 살았느니 지금도 그때처럼 귀를 기울이고 저 몰려오는 적을 막고 있노라
푸르러 푸르러 영원한 젊음 우리는 그 품에 안겨 안식하리라
어머니 조국에 이 혼을 맡기며 후회없이 더 강하게 앞으로 앞으로 달려가리라

백마고지 승전탑에는 모윤숙 시인의 '백마의 얼'이 기록되어 있었다.

2
갑자기 온 선물 해방

해방이다! 꿈도 못 꾸던 새날이 왔다. 36년 동안, 눈먼 삼손처럼 맷돌을 굴리던 한국 백성에게 갑자기 해방이 왔다. 백두야 흰머리 뫼야! 잠에서 깨어나려무나 해방이 왔다. 둥 둥 둥 북을 울려라. 여기는 민족의 영산 우리의 꿈과 기상 거룩하여라. 백두대간의 성스러운 흰머리 뫼여, 하느님이 우리 민족을 수호하신다. 면면히 지켜온 민족의 정기 그 정기는 흰옷 입은 백성 가슴 가슴마다 장하고 영원할 것이다.

　일제 식민지 시대엔 공출이란 명목으로 빼앗아 가다 못해 놋밥사발까지 빼앗아 갔다. 성을 바꾸라 하니 강준호가 무라까와로 조상까지 내버렸다. 말을 없애고 한글을 말살했다. 신사참배 하라고 산 천왕에게 고개 숙여 절했다. 한국 청년들을 태평양 전쟁터로 눈 가리고 내몰아 개죽음을 당했다. 또 장년들은 일본 갱도나 군수공장에서 강제 노동을 했다. 그뿐이랴. 처녀들도 군인 위안부 되어 동남아로 가 매일 몸을 찢기며 개처럼 살았다.

　우리 조상들이 얼마나 많은 죄를 지었기에 후손이 36년 동안 노예로 살아야만 했던가? 쇄국 정치, 부정부패, 매관매직, 어리석은 군주. 천주교 탄압. 이 모든 것이 병들고 썩어서 그 죄가 후손까지 미쳤다. 고깃덩이를 놓고 서로 으르렁거리듯이, 청일전쟁은 우리 안마당인 평양에서 싸웠으며, 노일전쟁도 우리 바다 서해에서 벌어졌다. 전쟁에 이긴 일본은 사나운 개가 되어 한국의 목덜미를 물었고, 그 발톱은 등뼈에 박혔다. 이런 먹음직한 사슴을 놓고 도망갈 줄은 쪽발이(일본)들도 몰랐을 것이다. 한반도가 거의 기절할 무렵에 하느님은 불쌍히 보시고 연합군을 통해 미친개 일본을 쫓아내셨다.

보라! 60만 희생으로 싸운 3·1운동, 상해 임시정부의 저항운동, 삭막한 만주벌판에서 싸운 광복군. 태평양 건너 미국에서의 혁명 투사들. 이들의 피와 땀이 해방에 밑거름이 되었다.

해방! 선물같이 왔다. 뜻밖의 큰 선물이다. 이 나라가 해방될 줄 미리 안 사람은 하나도 없었다. 해방은 하늘이 주신 선물이다. 하느님이 직접 한민족에게 내려주신 해방이다. 생각지도 못한 선물이니 기쁨도 크다. 그 기쁨으로 잘 살라고 주신 한반도 금수강산이다.

하느님은 기적을 행하셨다. 그 뜻은 착한 백성이 되어 서로 사이좋게 살라는 계시였다. 연합군의 승리로 해방이라는 큰 선물을 안겨주셨다. 감사합니다. 한국 국민은 말로만 감사할 수밖에 없었다. 하느님은 예수 그리스도를 이 땅에 보내주신 것처럼 우리에게 값없이 생명 길을 열어주셨다. 감사하다는 마음은 하느님께로 돌아가는 믿음이다. 지난 역사의 흐름을 알면 미래를 예측할 수 있다. 역사의 흐름 속에 자기를 발견하는 혜안이다. 지난 역사를 모르는 자 불행을 자초할 뿐이다.

해방되고 사흘이 지난 날, 로스케가 강원도청에 왔다고 해서 준호는 단숨에 달려갔다. 우람스럽게 생긴 트럭 한 대가 도청 현관문 앞에 서 있었다. 무장 병사들이 가득 차 위에 앉아 있었다. 노란 눈과 눈썹이 인상적이었다. 도청 직원이 음료수와 과자를 들고나와 그들을 영접하고 있다. 38선을 잘못 알고 춘천까지 내려왔다고 한다.

그 당시 "소련 놈 속지 말고, 미국 놈 믿지 말고, 일본 놈 다시 일어난다." 이런 유행어가 나돌아 다녔다. 학생들은 자유란 내 마음대로 하는 것으로 잘못 알고 '전봇대로 이를 쑤시든 말든' 했다. 반공 교육을 한다면서 아이들은 공산당을 머리에 뿔난 도깨비로 그리기도 했다.

1948년 4월 김구 선생이 남북 연석회의에 참석하러 평양에 갔다.

"아이고, 우리 항일 독립운동의 대선배이신 김구 선생을 뵙게 돼서 대단히 영광스럽습니다."

서른일곱 살 김일성의 첫마디였다.

"남한에서 단독정부를 세우는 데 반대하기 때문에 이곳에 왔다."고 하자 사람들이 손뼉을 쳐댔다. 그런데 김구가 북한에서 단독정부를 세우는 것에도 반대한다고 하자 바늘이 땅에 떨어지는 소리가 들릴 정도로 고요했다. 통일은 소련도 미국도 아닌 우리 동포끼리 해야 한다는 말에 손뼉을 치지 않는 것을 보고 통일정부를 세우기 힘들겠다는 생각이 들었다고 한다.

김구 선생의 생각이 백번 옳았다. 그러나 김일성은 이미 적화통일할 결심으로 전쟁 준비를 하고 있었다. 이승만 박사도 남한만이라도 민주주의 나라로 독립해야 하겠다고 마음을 굳혔던 것이다.

대한민국이란 새 나라는 탄생했으나 GNP가 60불도 안 되었다. 이북의 김일성 정권보다도 못살았다. 겨우 미국에서 원조해 준 밀가루로 입에 풀칠하는 백성들이 대부분이었다. 준호네도 삼시 세끼 질리도록 밀가루로 국수나 수제비를 해 먹었다. 그는 질리도록 수제비를 먹었다. 이북에서 보내주는 전기도 끊겨 공장도 돌아가지 못했으며, 가정에서도 저녁에만 잠깐 전깃불을 켜는 형편이었다.

조선경비대 창설 때 신원조회 없이 마구 입대를 받자, 좌익이 조직적으로 들어와 군을 흔들어댔다. 그 결과 1948년 10월에 '여수반란 사건'이 터졌다. 사상 검증이 바짝 다가오자 다음 해인 5월 3일. 춘천에 주둔하고 있던 국군 대대장이 월북한 사건이 있었다. 6사단 8연대 소속 1대대장 강대무 소령과 2대대장 표무원 소령이 부대원들을 이끌고 38선을 넘어 월북했다. 부대원들은 야간 훈련인 줄 알고 따라갔다. 750명 대대원들은 38선을 넘은 후에야 속은 줄 알고 탈출했다. 362명은 탈출에 성공했으나 나머지 388명은 인민군에게 체포됐다. 이 사건으로 7연대와 교대했다. 그 후 표무원은 6·25 전쟁 때 인민군으로 춘천에 나타났다고 한다.

병정놀이도 했다. 같은 또래 아이들이 칠팔 명 되었다. 준호는 대장 노릇을 했다. 군인 계급장도 그러서 어깨에 달았다. 무기라 해보았자 목총이나 나무막대기를 칼로 대신해서 들고 겨누는 정도였다. 대장이 돌격 명령을 내리면 쏜살같이 공격 목표를 향해 뛰었다. "야~" 소리를 내면서 엄성바위를 향해 내달렸다. 병정놀이로 시간 가는 줄 모르고 노루마냥 봉산을 누비며 뛰어다녔다.

다른 무기는 새총이었다. Y자 모양의 나뭇가지를 꺾어 두 고무줄 사이에 가죽을 매었다. 그 가운데 엄지만한 돌멩이를 끼워 쏘면 참새도 잡을 수 있었다. 오늘은 잦고개 아이들과 전쟁놀이를 했다.

"손들어!"

준호는 큰소리로 독촉했으나 점점 다가오므로 새총을 쏘았다. 그런데 하필이면 눈가에 맞았다.

"아이구, 안 보여… 앞이 안 보여!"

엉엉 울어대는 바람에 혼쭐나서 도망쳤다. 걱정되어 알아보니 다행히 큰 상처는 아니었다.

전쟁놀이란 전쟁과 놀이라는 말이 결합되어 있다. 참으로 어울리지 않는 두 말이 결합되어 있는 모순된 말이다. 전쟁은 살생과 승리를 목표로 하는 싸움이지만, 놀이란 재미와 우정을 쌓기 위한 행동이기 때문이다. 그런가 하면 절대로 져서는 안 되는 것이 전쟁이지만, 일부러 져줄 수도 있는 것이 놀이다. 그러다 보니 전쟁은 아이들에게까지 관심사가 되었고 아이들마저도 전쟁놀이에 열중하게 되었다. 38선 근처라 보고 들는 것이 군인들의 군사훈련 장면이었다. 춘천에는 6사단 7연대가 8연대와 교대해 주둔하고 있었다.

전쟁놀이가 끝나면 엄성바위에 모여 앉아 오락도 하고 때로는 친구 생일 축가도 불러주었다. 서너 평 되는 그 바위는 우리들의 사랑방이나 다름없다. 친구가 없어 혼자 놀 때도 엄성바위에 자주 올라갔다. 굴참나무에 붙어사는 보라 금빛 풍뎅이를 잡아서 목을 비틀어 놓았다. 그러면 날갯짓을 하면서 땅바닥을 빙글빙글 돌았다. 그날 밤 꿈속에서 준호가 풍뎅이가 되어 방바닥에서 빙글빙글 돌다가 깨어났다.

도청 뒤에 신사가 있었다. 신사란? 살아있는 천왕을 섬기는 일본 고유 민족신앙이다. '신도神道' 즉 천왕을 신격화시켜 제사를 지내는 사당이다. 일제는 일본과 조선이 한 몸이라는 뜻으로, 내선일체內鮮一體를 강조했다. 그러므로 황국신민화를 달성하기 위한 식민지 지배 정책 중 하나로 조선 전역 주요 도시에 신사를 세웠다. 춘천에는 명당인 고종 별궁 자리에 신사를 세었다.

일정시대 신사는 정문 밖에서 경례만 했지 감히 들어가지 못했던 금단의 땅이었다. 해방 후 이곳에서 모수물과 잣고개에 사는 아이들이 편을 갈라 축구 시합을 하는 운동장이 되었다. 공이래야 말랑말랑한 정구공이었다.

맨발로 공을 차기도 하고, 검정 고무신에 끈을 매어 차기도 했다. 그러다가 끈이 풀리면 공보다 고무신짝이 더 멀리 날아가기도 했다. 축구가 끝나면 수돗물로 서로 시원한 등물을 해 주었다. 이렇게 운동을 통해 우정을 다졌다. 마음껏 뛰어놀면 혈액순환과 신진대사가 잘 되고 심폐기능이 자연스럽게 높아졌다. 팔과 다리뿐만 아니라 몸통과 허리끼지 몸 전체가 튼튼해졌다. 온몸의 근육과 신경, 인대가 강하게 단련되었다. 이렇게 어렸을 때 운동은 평생 건강을 유지할 수 있는 바탕이 되었다. 몸뿐만 아니라 땀방울을 통해 얼굴도 훤해지고 마음도 맑아졌다.

때로는 앞두루를 가로질러 춘천역 근처에 있는 부서진 비행기에 올라탔다. 두 사람이 함께 조종간을 잡는 작은 비행기였다. 하늘로 올라가는 비행사가 된 기분으로 시간 가는 줄 모르고 놀았다. 그러다가 기차가 기적을 울리며 들어왔다. 모두들 열차 칸 세기에 바빴다.

"하나, 둘 셋… 모두 열 칸이다."

"아니야, 열한 칸이야."

이해관계 없이 세는 것에만 열중했다. 비행기를 타면 비행사가 되고 싶고 기차를 보면 기관사가 되고 싶었다. 하늘에 뜬 잠자리비행기도 세어보고, 달리는 자동차도 세었다. 어른이 되어서도 움직이는 물체는 세어보아야 직성이 풀렸다.

뜨거운 여름이 돌아왔다. 햇볕이 쨍쨍 쪼이는 날, 세상에서 가장 시원한 물놀이터인 잣고개 넘어서 뒷두루를 돌아 소양강으로 갔다. 드디어 도착한 할미여울, 발가벗고 강물에 들어가 퐁당퐁당 물장구를 쳤다.

물보라를 일으키며 물싸움도 했다. 물속에서 숨을 참으며 누가 더 오래 버티는지 내기도 했다. 은모래 고운 백사장에서 두꺼비집을 지었다. "두껍아 두껍아 헌집 줄게 새집 다오." 손등 위로 젖은 모래를 두드리며 노래 불렀다.

모래성도 높이 쌓았다. 물길을 열어 놓으면 힘없이 모래성은 쓰러졌다. 해가 구름 속으로 숨어버리고 삼악산으로부터 점차 소낙비가 쏟아졌다. 옷을 모래 속에 파묻고 물속으로 피했다. 소나기 삼 형제가 지나갔다. 그러나 해는 아직 구름 속에 있다. 으스스 춥다. 해가 빨리 나오라고 모래사장 위를 겅중겅중 뛰고, 두 손으로 배를 두드리며 노래 불렀다.

"해야 해야 붉은 해야 김짓국에 밥 말아먹고 장고치고 나오 너라."

해가 번쩍 나오면 호랑이 장가갔다며, 모여 앉아 찐 감자를 나누어 먹었다. 이렇게 소양강 물고기처럼 모수물골 아이들은 자유롭게 놀았다.

정월대보름이면 달맞이하러 갔다. 보름달 속에는 토끼가 보인다. 어린 시절이 있다. 어머니 얼굴도 보인다. 보름달을 보는 마음엔 기쁨이 있다. 달을 보노라면 행복하다. 활동사진처럼 미래가 보인다. 보름달은 우리에게 원만하라 포용하라 베풀라고 빙그레 웃고 있다.

홰는 싸리나무를 베어 칡덩굴로 묶어 만들었다. 끝에는 솜뭉치를 넣고 기름을 발라, 쉽게 불이 오래 타도록 만들었다. 대보름달은 남보다 먼저 보는 것이 좋다고 했다. 준호는 봉산 중턱 가까이 올라갔다. 달이 잘 보이는 곳에서 달맞이했다. 농구공만한 둥근달이 덩실 떠올랐다. 횃불을 밝히고, 대보름달을 향해 간절히 소원을 빌었다.

"제발 올해는 공부를 잘하게 해주세요."

두 손 모아 합장을 했다. 두 귀를 잡고 나이 수대로 큰절을 했다. 4학년이 되도록 구구단을 5단밖에 못 외었다. 그래서 산수 시험을 보면 빵점을 겨우 면했다.

겨울은 겨울대로 즐거웠다. 큰길 너머 논에 물이 얼면 앉은뱅이 스케이트로 얼음을 지쳤다. 추운 날이라도 논을 몇 바퀴 돌면 몸이 훈훈해졌다. 팽이도 쳤다. 채찍으로 때리면 무지개색깔로 '웅~웅' 소리를 내며 잘도 돌았다. 모수물 고개에 눈이 쌓이면 대나무를 휘어 스키도 즐겼다.

국민학교 때, 박노원 선생님이 새로 오셨다. 첫날 산수 쪽지시험에서 준호는 0점을 받았다. 대여섯 명 불려나와 솥뚜껑만 한 손바닥으로 뺨을 맞았다. 불이 확 튀는 듯 아팠다. 눈물이 '핑' 쏟아졌다.

"너희들 오늘부터 우리 집에 와 공부해라."

준호는 저녁때 선생님 댁으로 갔다. 학교 앞 다리 건너 기와집이었다. 퇴근 후 피곤하신데도 무료 과외공부로 가르치셨다. 몰랐던 구구단 "육 육은 삼십육…… 구구 팔십일." 열한 개만 외우면 간단했다. 산수에 재미를 붙였다. 복잡한 분수 문제도 척척 풀었다. 정답을 맞힐 때는 기분이 상쾌했다.

담임선생님이 가정방문 오셨다. 지금까지 언덕 위 5백여 평에 사는 부자 영찬네 집만 들렀었다. 얼마나 황송한지 8쪽짜리 병풍을 폈다. 그리고 모수물을 새로 떠다가 드렸다. 그 후 선생님께 인정을 받으니 성적이 향상되어 사범학교로 진학하게 되었다.

봉의산 중턱에 수돗물 정수장이 있다. 그 위로 올라가는 길에 벚나무를 세면서 갔다. 나무를 세다 보면 한 그루 한 그루의 모양과 특징을 알게 된다. 낮은 데서 높은 곳으로 올라가는 길은 지루하지 않았다. 쉬운 문제로부터 어려운 문제로 올라가는 수학공부 같은 이치였다. 좀 어렵게 말해서 그것이 바로 사물의 이치를 연구하여 지식을 확실히 아는 격물치지格物致知가 아닌가 싶다. 같은 벚나무라 하더라도 잎이 떨어졌던 흔적만 보아도 그 잎이 가까이 달렸는지, 어긋나 있었는지 알 수 있다.

마디 사이의 길이를 들여다보면 지난해 동안 그 나무는 얼마나 자랐는지 짐작이 갔다. 늦게까지 잎을 떨어뜨리지 않다가 얼어 죽게 된 가지도 있다. 상처를 입어 열심히 치유하여 회복된 흔적도 남아 있었다.

나뭇가지들은 조금이라도 햇볕을 더 받으려고 주어진 공간을 쓸모 있게 나누며 살고 있다. 가지 끝에서 옆 나무와 다투었던 치열한 경쟁의 모습도 보인다. 하지만 그 경쟁은 싸우다가 서로 상처를 입히는 그런 것이 아니었다. 최선을 다하면서 결국은 조화롭게 공존하는 지혜가 있다. 그 나무들에겐 평화가 있다. 하늘을 우러러보며 펼쳐진 나뭇가지들의 아름다운 삶을 구경했다. 준호는 나무타령을 흥얼거리며 산길을 걸었다.

"영감 천지 감나무 십 리 절반 오리나무 방구 뀌는 뽕나무 꿩의 사촌 닥나무 아흔 지나 백양나무 서울 가는 배나무 스무 해째 스무나무 낮 무섭다 밤나무 앵두러져 앵두나무 거짓말 못해 참나무 한 자 두 자 잣나무 주사 형님 사과나무 기운 없다 피나무 다섯 동강 오동나무 동지섣달 사시나무."

나무들은 봄맞이에 한창이다. 겨울엔 들리지 않던 새들도 노래 부른다. 노란 아기풀꽃 길을 걸으면 훈훈한 땅 기운이 올라왔다. 누군가 등 뒤에서 나를 부르는 소리가 들린다. 부르는 소리에 뒤돌아보면 아무도 없다. 아지랑이 아른거리는 언덕엔 그리움이 피어오른다. 다정한 동생 이름을 불러본다. 봄이 깊을수록 찬란한 슬픔이 복받쳐 온다. 굶주림에 이질을 앓다가 하늘나라로 가버린 동생, 아무리 둘러보아도 없는 동생 동호 생각에 슬픔이 밀물처럼 다가온다. 잎 돋는 가지 끝에서 누군가 부르는 소리에 목이 메었다.

　나무에서 소리가 들린다. 생동하는 봄 소리 들린다. 나무 기둥에 귀를 대어 보라. "쿵~쿵" 심장 뛰는 소리 들린다. 뿌리로부터 나뭇가지 위로 올라가는 물소리가 들린다. 벚나무 한 그루마다 인사를 나누고 이야기를 주고받았다. 나무도 자주 만나면 반겨주었다. 말 없는 나무와 이야기를 나누노라면 친구처럼 다정한 사이가 된다. 나무도 한 그루마다 모양이 다르듯이 사정도 달랐다.

　나무는 모든 고독을 안다. 부슬비 내리는 가을 저녁의 고독을 알고 함박눈 펄펄 내리는 아침 고독도 안다. 이런 무서운 고독을 참고 봄날을 기다렸다. 산길 따라 올라갔다. 어머니 품 같은 따스한 봄바람이 불면, 벚나무 가지마다 꽃눈이 떠졌다. 눈부시다! 화사한 꽃들은 그늘을 만들어 주었다. 꽃그늘 속에 앉아 있으면 얼마나 편한지 모른다. 온몸에 꽃향기 스며든다. 분홍빛 꽃물이 몸속으로 배어들어 왔다. 꽃그늘에 앉아 있노라면 벚꽃 스친 바람이 노래가 되어 들려온다. 준호도 꽃이 되어 흥얼흥얼 콧노래 불러본다. 벚꽃을 보고 있노라면 마음은 풍선되어 두둥실 하늘로 떠올랐다.

　벚나무들은 분주히 움직이고 있었다. 한나절 땡볕 아래 벚나무는 봉의산을 먹이고 있다. 말 없는 엄성바위도 먹이고, 땅속 매미 유충도 먹이고, 두리번거리는 딱따구리도 먹이고, 꿈실거리는 두릅나무를 먹이고 있다. 옷고름 풀어헤친 벚나무들의 통통 불어터진 젖무덤이 명동거리로 흘러들어 쇼핑 온 손님마다 풀어먹이고 있다. 벚나무들은 자식들을 주렁주렁 매달고 젖

먹이기에 분주한 하루였다.

준호는 벚꽃 그늘로 찾아가 벚꽃을 닮은 아이로 누워있었다. 팔베개 삼아 누워 하늘을 본다. 수만 송이 꽃들이 나비가 되어 훨훨 하늘로 날아 올랐다. 가난한 집안 속상한 일까지 몽땅 잊어버렸다. 어린 마음을 짓누르던 짐과 같은 시름들이 맑게 없어지고 말았다. 벚꽃에 왕왕거리는 벌떼처럼 그의 몸은 힘이 솟고 마음은 편안해졌다. 열정을 가지고 단 며칠 동안 만개한 벚꽃은, 한꺼번에 피는 화려함과 잠깐 동안 지나간 매력이 환영처럼 지나갔다. 꽃샘바람에 어여쁜 꽃잎은 팔랑팔랑 떨어져 나갔다. 봄소식을 숨 가쁘게 알린 후 미련 없이 사라져 갔다.

봉의산 중턱 정수장엔 군인 몇 명이 지키고 있었다. 3만여 명 춘천 시민이 먹는 수돗물이기에 중요한 시설이었다. 학교에서 돌아오면 준호는 책가방 내던지고 정수장 군인이 있는 곳으로 놀러 갔다. 그들은 준호의 우상이고 희망이었다. 군인들이 가지고 있는 무기나 일상용품이 모두 새롭다. 군복이며 모자, 철모와 군화, 허리띠와 양말 모두 얼마나 좋은지! 특히 칼과 수통, 수류탄과 탄알 등 모두 몸에 매달 수 있어 신기했다. 특히 머리에 쓰는 철모로 세수도 하고 물바가지로 쓸 수도 있었다. 그 철모로 물고기를 잡는다면 얼마나 좋을까 생각하니 신났다. 그건 정말 준호만이 누릴 수 있는 기쁨이었다.

그중에 책임자인 오경구 하사는 그를 무척 귀여워해 주었다.
"누나 있냐? 너 닮았으면 미인이겠는데?"
그러면서 건빵을 주었다. 별사탕과 함께 건빵을 먹으면 별미였다. 그리고 좋아하는 캐러멜도 주었다. 여기에 재미가 들린

준호는 자주 놀러 갔었다. 오 하사는 인상이 깨끗하고 서울 말씨로 반듯했다.

그 아이가 다리가 되어 오 하사는 정수장 올라가는 길에 준호네 집에 들르곤 했다. 거기서 누나와 만나 서로 이야기도 나누었다. 그리고 그를 친동생처럼 아껴주었다. 그 아이는 귀찮아하리만큼 졸졸 따라다니며 괴롭혔다. 그래도 화내는 일 없이 친절히 대해 주었다.

3
원한의 38선

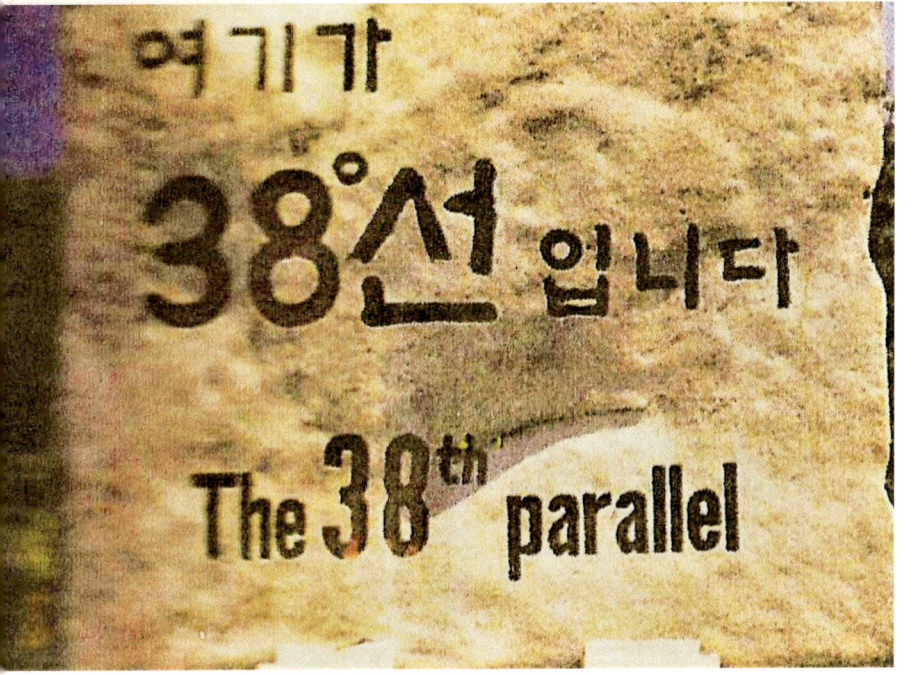

6·25전쟁 일어나기 전 해에 준호는 춘천사범학교에 들어갔다. 거기서 초등학교 때 담임인 박노원 선생님이 배석 장교로 오셨다. 군사훈련을 받았다. 제식훈련이랑 총검술도 배웠다. 박 선생님은 1925년 춘천 서상에서 태어나셨다. 무엇보다도 우리말 우리글을 후세들에게 가르치는 것이 시급하다고 생각해 교편을 잡기로 했다. 그때는 36년간 일본 식민지로 있다가 해방되어 온 백성이 기뻐했다. 그러나 미국과 소련 두 나라가 의논해 38선이라는 보이지 않는 국경으로 나라를 두 쪽으로 갈라놓았다.

그러므로 사회질서는 혼란에 빠지게 되었으며, 북한 공산주의자들과 남한의 남로당은 수단 방법을 가리지 않고 그 조직을 넓혀 나갔다. 그들의 흉악한 손길은 학교까지 뻗쳐왔다. 후미진 교실에서 몇몇 선생은 방과 후에 학생들을 모아놓고 비밀리에 공산주의와 김일성 노래를 가르쳤다.

박 선생은 그들의 행위가 못마땅했지만, 부임한 지도 얼마 되지 않아 앞장서서 제지하지 못했다. 그러던 어느 날, 바로 옆 교실에서 그들은 책상을 두드리며 악을 쓰고 노래를 불렀다. 미처 날뛰는 사이비 종교 신도들의 광기를 보는 것 같았다. 박 선생은 참다못해 한마디 했다.

"선생님들, 너무 하시는 것 아닙니까? 자중하세요!"

그러자 그들 중 제일 열성적인 김 선생이 너 잘 만났다는 듯이 멱살을 잡고 험한 욕을 해댔다.

"이 우라질 놈 반동새끼, 미 제국주의 앞잡이 아니야?"

그곳에 모여 있던 선생 모두 따라 나왔다. 박 선생은 어처구니없어 잡은 손을 뿌리치고 뛰쳐나왔다. 소위 혁명가라고 뽐내는 공산당 선생과는 어울리지 못하고 왕따가 되었다. 그는 심심하여 소양극장에서 '로베레의 장군'이라는 영화를 보았다.

"그대는 조국을 위해 아무 일도 하지 않는 것이 죄다."라는 대사를 보고 가슴이 뜨끔했다. 앞날을 곰곰이 생각한 박 선생님은 직접 나라를 지키는 군인의 길을 택했다. 그 후 교직을 그만두시고 육군사관학교 단기생으로 훈련받았다. 그 후 육군 소위로 춘천사범학교 교관으로 부임하게 되었다.

6사단 7연대장 임부택 중령은 부임하자마자 장병들의 훈련에 힘썼다. 장교들은 보병, 포병학교에 들어가 교육시켜 자질향상에 힘썼다. 자체적으로 전투 훈련을 완료했다. 특히 춘천시민과 학도호국단 지원을 받아 방어에 유리한 소양강변과 그 북쪽 춘천분지에서 적의 활동을 살피기에 적당한 여러 고지에 방어진지를 구축하여 1950년 5월까지 1년에 걸쳐 공사를 끝마쳤다.

6·25전쟁은 38선 때문에 일어났다. 36년간 일본 사람 노예로 살던 한국 민족에게 해방이라는 선물을 하늘이 주셨다. 해방시킬 힘이 우리에게는 전혀 없었다. 뜻밖의 선물을 받은 한국 사람들은 감격하여 서로 얼싸안고 울었다. 하느님은 대가 없이 숨넘어가는 한국 백성에게 소생의 길을 열어주셨다.

그런데 뜻밖에도 국토 한가운데 38선을 떡하니 그어 놓았다.

그 선을 뛰어넘어 보라는 것이다. 여자아이들 고무줄놀이에서 고무줄 뛰어넘듯이, 배달민족이 하나가 되어 38선을 껑충 뛰어넘어 보라는 시험문제다. 1945년 얄타회담에서 소련에 한국을 팔아넘긴 미국 비밀협정이 있었다. 맥아더 포고문서에 보면 미국이 소련의 38선 이북 점령을 인정했다. 이승만은 한반도 38선 분할 점령이 얄타회담에서 루스벨트가 스탈린에게 소련군의 북한 지역 점령을 허용한 결과라고 했다.

우리 학도호국단 학생들은 수청령 자락에 군인천막을 치고 야영을 하면서, 전쟁 때 쓸 참호와 군사 도로를 닦았다. 날이 가면서 요령도 생겼다. 도로가 완성되면 "38선을 구경시켜 준다."는 중대장 말에, 호기심에 가득 찬 학생들은 열심히 길을 닦았다.

정상이 가까워질수록 학생들은 말이 줄었고 엄숙하기까지 했다. 드디어 38선 꼭대기가 보이는 곳에 올라섰다. 막상 정상에 오르니 평소에 생각한 것보다 너무나 딴판이었다. 38선을 나타내는 표시도 없고 철책도 없다. 자연 그대로 산이었다.

북쪽 계곡 좁은 들판에는 올망졸망 논배미가 펼쳐져 있다. 그 논에서 한창 모내기에 바쁜 사람들이 인형처럼 보였다. 그뿐이랴. 남으로 흐르는 모진강에는 유유히 나룻배가 떠다녔다. 강물 위로 모진교母津橋가 그림처럼 걸려있다. 모진교를 내려다보니 도 경찰국 공보실장인 외삼촌이 들려준 옛이야기가 떠올랐다.

이백여 년 전 조선 숙종 때 원평리에 명탄明灘 성채헌成採憲 공이 살았다. 그분은 병자호란 이후 청나라에 금과 인삼, 말과

처녀 등 많은 공물 바치는 약소국의 설움이 안타까웠다. '임진왜란 때 우리나라를 도와준 명나라에 의리를 지켜야 한다.'며 이 산속에 숨어 살았다고 한다.

명탄 공은 죽기 전에 자손들을 모아놓고 이렇게 유언을 남겼다.

"모진강에 철마가 달리면 이곳을 떠나거라."

부탁하고 자세한 설명은 하지 않은 채 90세에 돌아가셨다. 후손들은 오랫동안 철마가 무엇인지 모르고, 여러 대를 지나며 입에서 입으로 전해 내려왔다. 이윽고 일제때 모진교가 놓이고 이 산속에도 화천행 버스가 달리기 시작했다.

"버스가 철마로구나!"

후손 중에 일부는 명탄 공의 말씀을 기억하며 떠났다. 한편 일부 자손은 버스가 들어와 원평리에도 편리한 세상이 왔다고 주저앉은 후손도 있었다.

버스가 달린 지 몇 년 안 되어서 해방이 되고 평화가 오는가 싶었다. 그런데 웬일이냐? 뜻하지 않게 38선이란 보이지 않는 장벽이 바로 이 마을 앞 모진강 다리 한가운데에 떡하니 그어지고 말았다.

이곳이 과연 민족의 허리를 동강 낸 원한의 38선이란 말인가? 분단의 아픔과 이산離散의 한이 서린 곳이다.

학생들은 올라올 때 캥기는 몸가짐과는 달리 웅성거리며 파놓은 산병호를 이리저리 뛰어넘기도 했다.

"빵~빵~."

바로 그때 총소리가 요란하게 들렸다. 모두 혼비백산 땅바닥에 코를 박고 엎드렸다.

"이봐! 학생들, 여기가 어딘 줄 알아? 38선이야, 38선! 어제도 우리 전우 한 사람이 적탄에 맞아 크게 부상을 입었단 말이야!"

날카롭게 외치는 소리가 들렸다. 정신을 차리고 큰소리치는 병사를 쳐다보았다. 중사 계급에 땅딸막한 몸매를 가진 병사다. 작은 몸집에서 그리 큰 소리가 나오도록 담찬 기백이 풍겨 나왔다. 산을 내려오면서 여러 가지 느낌에 젖었다. 국토를 누가 두 동강 내놓았으며 앞으로 얼마나 많은 비극이 일어날 것인가?

38선이란 도대체 무엇인가? 우리 민족이 원한 바도 아니다. 그러면 38선을 만든 자는 누구인가? 루스벨트와 스탈린이다. 두 놈 다 우리나라를 먹고 싶었다. 서로 팽팽히 맞섰기 때문에 사이좋게 절반씩 나누어 먹었다. 전쟁을 일으켜 패망한 일본을 점령해야지 애꿎은 한반도를 왜 두 동강 냈는가?

38선의 운명은 어디에 있는가? 우리나라의 지정학적 위치가 그렇게 중요하기 때문이다. 소련은 세계를 적화하려면 반드시 우리나라를 적화해야 한다. 그런 후 태평양으로 나가야 한다. 미국으로서는 우리나라가 공산화되면 도미노 현상이 일어나 일본, 대만, 월남, 태국, 필리핀 등 동남아 국가들이 적화되기 쉽다. 38선의 운명은 여기에 있다.

루스벨트는 미국이 자유주의의 맹주로 나가려면 반드시 태평양을 가져야 한다. 태평양을 가지려면 필리핀과 일본을 가져야 하는데, 필리핀과 일본을 자유 진영으로 확보하려면 한국 땅을 놓쳐서는 안 되는 것이다. 이렇게 되어 38선은 생겼다. 우리 한국 땅은 좋은 위치에 있으면서도 스스로 지킬 힘이 없기에 고난의 회오리바람을 겪는다. 그렇기 때문에 역사적 필연이며, 이것은 역사 자체가 그은 금이다. 하느님의 채찍이다.

대한민국이 강성하면 고구려처럼 만주벌판으로, 시베리아로 맹호처럼 뻗어나갈 수 있다. 그러나 국력이 약하면 몽골, 명, 청나라 등 강한 나라의 속국이 되는 위치에 있는 것이다. 이는 지정학적 운명이다.

역사의 호된 매를 맞고도 깨닫지 못하니 바로 38선이다. 원한의 38선아! 너로 하여금 앞으로 얼마나 많은 비극이 이 땅에 벌어질 것인가? 38선은 언제 터질지 모를 시한폭탄이다.

"백성들아! 깨어나라. 한 핏줄로 이어진 우리는 평화통일로 하나가 될 때 민족의 영광이 올 것이 아닌가?"

국제정세가 유리해졌다고 판단한 스탈린은 그동안 미뤄왔던 김일성의 남침을 승인했다.

스탈린- "국제정세가 변화를 맞았소. 중국은 장개석을 이겼으니 한반도에 병력을 투입할 수 있게 됐고, 소련은 지난해 핵 개발에 성공했소."

김일성- "전쟁을 3일 안에 끝내겠습니다. 미국은 개입할 이유조차 없을 것이고요."

북한에서 남로당 박헌영과 권력 경쟁을 하던 김일성은 자신의 권력을 튼튼히 하기 위해 실현 가능성 없는 주장을 하여 6·25전쟁을 일으켰다. 스탈린 또한 2차 세계대전 이후 미국과의 냉전 대결에서 유리한 입장에 서기 위해 전쟁을 승인했다.

스탈린은 비행기 2백 대, 탱크 242대와 대포, 따발총을 비롯한 소총 수만 정을 김일성에게 주었다. 그리하여 팔로군을 중심으로 20만 정규군을 훈련시켰다.

화천에서 춘천으로 들어오려면 꼭 건너야 할 다리가 있으니 모진교다. 이 다리 중간에 38선을 긋고 남북이 대치하고 있었다. 인민군이 남침하려면 먼저 건너야 할 다리였다. 북쪽에는 인민군 초소가 있었고 남쪽에는 아군 7연대 초소가 있었다. 그 다리에 지뢰를 매설하고 철조망을 쳐서 방어했다.

6·25전쟁 일어나기 이틀 전 오후, 모진교에서 사고가 일어났다. 그날 가랑비가 부슬부슬 내리고 강물 위로 물안개가 피어올라 음산했다. 그때 아군 초소에서 근무하던 사병은 흰 두루마기를 입은 노인이 북쪽에서 건너오는 것을 보고 있었다.

"저게 뭐야? 민간인 같은데?"

"남한으로 넘어오는 사람일까?"

"노인이다. 어떻게 된 거지?"

"이상한데? 다리를 건너려면 사살하는데 왜 가만두는 거지?"

초병들은 놀라서 수군거렸다. 이상한 인민군 보초병이었다. 노인이 다리 남쪽으로 걸어와도 그냥 방관하고 있었다.

"그대로 놔둘 놈들이 아닌데 왜 저러지? 어, 위험해!"

노인은 계속 남쪽으로 걸어오고 있었다. 남쪽 다리 위에는 아군이 매설해 놓은 지뢰가 있었다. 그것을 밟으면 끝장이다. 보초병들은 일제히 소리쳤다.

"오지 말아요, 위험해요! 돌아가요 돌아가, 지뢰가 있어요."

소리 질렀지만 장 노인은 그냥 다가오고 있었다. 그 순간 "꽝

~" 하는 파열음과 함께 지뢰가 터졌다. 노인은 다리 중간에서 꼬꾸라졌다. 이 참변은 남침이 있기 이틀 전 일이다. 이 작은 사고는 연대본부에 보고되지 않았다.

이 사고는 남침을 앞둔 적이 모진교의 방어 상태를 알아보려고 꾸민 예행연습이었다. 인민군이 공격을 시작하고 국군이 밀리게 되면 전차를 위시한 기계화 부대와 보병의 도강을 막으려면 이 다리를 폭파해 버릴 것으로 예상했다. 모진교는 춘천을 공략하는 데 그만큼 중요한 다리였다. 적은 당연히 다리 중간에 폭파 장치를 해놓았을 것으로 예상했다. 그러므로 춘천을 공격하자면 중요한 다리인 모진교를 확보하는 게 우선순위였다. 인민군 2군단장 김광협은 2사단에 직접 명하여 모진교 방위 태세를 점검하라고 했었다.

그러자 정치보위부 군관을 시켜 공작을 꾸미도록 했다. 군관 이시혁은 화천에 사는 주민 중에 38선으로 분단 가족이 된 장 노인이 있다는 사실을 알아냈다. 그 노인은 딸이 출산하여 외손자를 보러 왔었다. 차일피일하다가 38선이 막혀 춘천으로 돌아갈 수 없게 되었다. 그는 하루 이틀 사위 집에 얹혀살면서 아들이 사는 춘천에 가기를 원했다. 그 사정을 알아낸 군관 이시혁은 그 노인을 찾아가

"춘천으로 월남시켜 주겠소."

달콤한 말로 꼬였다. 그 노인은 끝내 믿지 않으려고 했으나 반 설득 반 협박으로 어쩔 수 없이 떠밀려 모진교를 건너게 되었다.

장 노인이 다리를 건너갈 때 인민군 보초병에게 총 한 발 쏘

지 못하게 했다. 그가 한 발자국씩 내디딜 때마다 군관 이시혁은 숲속에 숨어서 긴장된 채 바라보고 있었다. 그러다가 장 노인이 다리 중간에 가설된 지뢰를 밟고 즉사한 광경을 보았다. 남쪽은 사람을 해치는 지뢰만 매설했을 뿐, 다리를 파괴할 폭파 장치는 없다는 사실을 확인했다. 이 보고를 받은 인민군 2군단장 김광협은,

"춘천은 싸움 시작 한 시간 안에 뺏을 수 있다."고 얼굴에 미소를 지으며 큰소리쳤다.

임부택 7연대장은 6월 21일 연대 수색대와 2대대에서 보고된 적정을 확인하려고 부귀리 북쪽 감제고지에 올라갔다. 양구~오음리로 연결된 도로 위에 많은 차량과 인민군이 부산하게 움직이고 있었다. 그중 눈에 띄는 무기는 45mm 대전차포 2문이었다.

인민군이 곧 공격해 올 것이라고 육군본부에 보고했다. '인민군 진지교대'라고 가볍게 넘기면서, 육군본부에서는 인민군이 절대로 쳐들어오지 않을 것이라고 장담했다. 이렇게 육본은 앞 못 보는 장님처럼 적에 대한 정보가 전혀 없었다.

4
개전 첫날- 6월 25일(일)

"쉬~ ㅅ~ 꽝."

고막이 터지도록 엄청난 굉음이 났다. 봉의산 봉우리가 무너져 내려앉는 줄 알았다. 창문이 '들 들 들 들' 마구 흔들렸다. 그날 오후 준호는 동네 사람들과 함께 뒷산으로 올라가 보았다. 우두 보리밭 벌판에 포탄이 "쾅~ 쾅" 떨어졌다. 시꺼먼 먼지가 구름처럼 피어올랐다. 누렇게 익어가는 보리밭 속에 누런 군복을 입은 병사들이 개미 떼로 움직이고 있다. 모두 강 건너 불구경하듯 소양강 너머 전쟁 구경을 하고 있었다.

"새벽에 인민군이 쳐들어왔대."

"그게 정말이요? 어떻게 하지?"

영문 모르는 동네 사람들은 어두운 표정을 지었다.

"쐬~ 쐬~ 쾅."

폭탄이 떨어졌다. 옆 콩밭에 한 길이나 넘게 구덩이가 파였다. '걸음아, 날 살려라!' 모두 종종걸음으로 달아났다.

6·25전쟁은 날벼락이다. 그날 아침까지도 몰랐고, 일선 군인들도 새벽까지 까맣게 몰랐다. 일요일이라 군인들은 외박을 나왔다. 아무 준비 없이 갑자기 쓰나미가 밀어닥친 동족상잔의 참극이다.

북한정권 과정을 기록한 스티코프 일기를 보면 김일성은 88정찰여단에서 적기 훈장을 받은 대대장이었다. 소련지도부는 그 지도자로 김일성을 낙점했다. 스탈린에 의해 미래 지도자로 선택됐지만 항일투쟁 경력이 전혀 없었다.

해방 후 5년 동안 북한은 소련에서 훈련받은 팔로군을 중심으로 미리 전쟁 준비를 했다. 2차 대전에서 독일 전차를 괴멸시킨 소련제 탱크며 자주포로 무장했다. 그러나 우리 국군은 미군이 두고 간 소총과 대포 몇 문뿐이었다. 왜냐하면 이승만 대통령이 "북진통일" 하겠다고 외치며 나댔다. 학교를 비롯한 여러 단체들은 하루가 멀다 하고 데모를 했다. 미국은 철수하면서 전쟁을 막으려고 중무기를 모두 가져갔다.

그래서 총 한 자루 만들지 못하는 남한이다. 외적을 막기 위한 사전 준비가 그렇게 부족하다는 것은 부끄러운 일이다. '전쟁에 대비하지 않은 국가는 멸망한다.'는 교훈을 얻었다. 전쟁 앞에 싸울 준비가 되지 않은 국민은 정신적으로 항복한 것이나 진배없기 때문이다.

강도같이 들이닥친 전쟁이다. 역사가 같고 말이 같은 형제끼리 왜 총구를 겨누고 서로 죽여야만 하는가? 우리 국민 모두 매 맞는 전쟁이다.

남한은 북한을 침략할 준비도 통일할 힘도 없었다. "북진통일" 말로만 외쳤을 뿐 고무풍선처럼 허풍만 떨었다. 그러나 북한은 남한을 적화통일 해 소련이 태평양으로 뻗어나가는 교두보로 삼으려고 했다. 6·25전쟁은 마치 챔피언 권투선수와 훈련도 부족한 아마추어 선수가 억지로 링에 끌려나가 한판 붙은 시합과 같다. 북한 선수는 불시에 라이트 훅으로 남한 선수를 한 방에 넘어뜨렸다. 넉 다운되어 좀처럼 일어설 기세가 보이지 않는 그런 시합이었다. 앞으로 남한의 운명은 어떻게 될 것인가?

지난밤부터 가랑비가 내려 검은 커튼 내리듯 어둠이 온통 사방을 휘감았다. 1950년 6월 25일 새벽 4시 인민군 2군단 2개 사단이 화천에서 38선을 넘어 갑자기 쳐내려왔다. 용이 불을 뿜듯 일제히 불을 뿜기 시작한 적의 포화砲火는 온통 천지를 뒤흔들어 놓았다. 삽시간에 아군 진지는 부서지고 전화선 줄이 끊어져 단체 행동을 통솔하는 지휘 계통이 막혀 버렸다.

너무나 갑작스럽고 엄청나게 우박 쏟아지듯 퍼붓는 포탄에 일선 장병들은 한동안 넋을 잃고 상황 판단을 할 엄두도 못 냈다. 더군다나 짙게 깔린 안개 때문에 앞이 안 보여 적이 코앞에 오는 것조차 모르고 있었다.

30여 분 동안 우박 쏟아지듯 세차게 퍼붓던 공격 준비 사격이 끝난 직후, 바짝 쳐들어온 적이 코앞에서 공격을 시작했을 때에 국군은 전투를 수행할 수 있는 역량을 발휘할 겨를도 없었다. 소대 분대별로 맞서다가 후퇴를 거듭하게 되었다. 대적이 안 될 만큼 전투력의 큰 차이였다. 으레 기습받은 편에게 생기게 마련인 싸울 의지를 잃어버려 더욱 혼란을 부채질했다. 화력은 1:3으로 인민군이 우세했다.

38선을 넘어 지암리, 송암리, 고탄리, 후천리마다 좁은 길을 따라 적은 바다에 그물망 치듯 한꺼번에 남쪽으로 쳐들어오고 있었다. 그중에서 모진교 근처에 전투력을 모아 모진강을 건너오고 있었다. 그동안 파놓은 진지는 적의 포단에 맞아 뱀장어 잘려 나가듯 토막토막 잘려 나갔다.

이날 연대는 새벽 5시에 뜻밖에 긴급한 사태가 일어나 비상을 걸었다. 춘천사범학교 배석 장교로 있던 박노원 소위도 참전했다. 춘천역에서 7시에 출발하려던 서울행 열차에 오른 외출 장병도 소집했다.

그날 보슬비가 내리는 아침에 춘천 시내를 돌며 가두방송을 하는 확성기 소리를 들었다.

"외박 중인 병사들은 속히 귀대하시기 바랍니다."

반복하며 멀리 사라졌다.

긴급출동 한 병사들에게 임부택 연대장은 비장한 각오로 말했다.

"전 전선에 걸쳐 인민군이 침입했습니다. 6사단 여러분, 국가가 여러분들을 필요로 하고 있습니다. 지금 국가가 위태로우니 목숨을 바쳐서라도 맡은 임무에 충실하기 바랍니다. 보국안민 輔國安民 정신으로 조국에 보답합시다."

임 연대장은 국군과 적군을 비교해 보았다.

▶어느 쪽이 더 군기가 서 있는가? ▶지휘관은 어느 쪽이 더 유능한가? ▶지형과 날씨는 어느 쪽이 더 유리한가? ▶군대는 어느 쪽이 더 강한가? ▶장병들은 어느 쪽이 더 훈련되어 있는가? ▶상벌은 어느 쪽이 더 분명한가?

이것으로 전쟁의 승패가 달려 있다.

양동리에 있는 제3소대장에게 지금 적의 큰 부대가 9중대 본부를 갑자기 치고 있으니 즉시 지원해 달라고 요청했다. 그때 적의 폭탄이 모진교를 감시하는 중대 본부 토치카를 정통으로 폭파했다. 비명소리와 함께 그곳에 있던 이홍래 중대장과 10여

명의 병사가 즉사했다. 진지는 산산조각 파괴되고 말았다. 그는 6·25전쟁에서 전쟁 시작과 동시에 최초로 전사한 소총 중대장으로서 제대로 전투지휘도 못한 채 전사한 지휘관이었다.

이홍래 중위는 충북 진천 출생으로 육사 7기로 임관, 연대본부에 근무하다가 중대장으로 부임한 지 몇 달 되지 않았다. 겉은 부드럽고 순한 듯하나 속은 꿋꿋하고 곧았다. 용모단정해 희망 있는 장교로서 그때 25세였다. 그는 미혼으로 6·25전쟁에서 싸움 시작과 동시에 처음 전사한 소총 중대장이었다.

양통리에서 적과 싸우던 부중대장 김명규 중위는 중대 본부가 부서진 것을 확인했다. 포탄 속을 헤치며 고탄리 쪽으로 지원병을 거느리고 달려갔다.

김 중위는 준호네 집 사랑방에서 하숙했었다. 준호가 사범학교에 입학했다. 그러나 입학금이 없어 애타는 어머니를 보고 선뜻 하숙비를 미리 주신 분이셨다. 그분이 막 일선으로 전출되었다.

중대를 지휘하게 된 김명규 중위는 인사계 선임하사 노재돈 일등상사에게 중대 본부 병력과 뒤처진 병사를 모집하도록 했다. 그리고 군대 인원을 모아 고성리~양통리로 통하는 작은 길과 고탄리 탁 트인 논밭을 지킬 수 있도록 제2방어진지를 짰다. 군대를 배치하고 적과 마주함에 있어서, 적보다 높은 위치에 진을 쳤다. 적을 알고 아군을 알면 승리할 수 있다. 기상을 알고 지형을 알면 승리한다. 그러나 그의 군대는 1개 소대 크기에 지나지 않았다.

적이 많아 수비 자세를 취했다. 적이 기세가 등등하여 잠시 굽했다. 차차 날이 새고 주위가 환하게 갓 밝기 시작할 무렵, 정신없이 떨어지던 적 포탄이 뒤쪽으로 잇대어 떨어졌다. 잠시 잠잠하더니 갑자기 진전 골짜기로부터 녹색 신호탄이 하늘 높이 치솟았다.

얼마 후 인민군은 붉은 기를 앞세운 보병부대가 1파, 2파 빽빽이 모여 남쪽으로 쳐들어오기 시작했다. 그것은 전투대형이 아닌 밀집대형으로 소련제 아카포 소총에 칼을 꽂고 '앞에 총' 자세로 서서히 걸어 나오고 있었다. 잔뜩 숨을 죽여 긴장하고, 적이 가까이 오기만을 기다리고 있었다. 누구도 말은 하지 않았다. 지금까지 밤에 적이 작은 수로 공격을 해오면, 1개 분대나 1개 소대 범위로 방어진지에서 새벽에 쳐 물리치곤 했었다. 그런 경험이 있는 아군 사병들은 '인민군도 별것 아니구나?' 하는 자신감이 생겼다.

김명규 중위는 연락병으로 하여금 중대장의 사격 명령이 있기 전에는 절대로 내쏘지 말라 모두에게 전달했다. 적은 500m, 300m, 150m로 점차 좁혀 들어왔다. 숨을 죽이고 있을 때, 적들의 얼굴과 군관 계급장도 보일 정도로 가까워졌다. 가슴이 "쿵쿵" 뛰었다. 서로 총 한 발 쏘지 않는 숨 막히는 순간이 잠시 이어졌다. 그때

"사격 개시."

중대장의 호령과 동시에 예광탄이 날며 중대원들의 총구에서 한꺼번에 불을 뿜기 시작했다. 적병의 수는 강가 돌처럼 이루 헤아릴 수 없을 만큼 많았다. 계속해서 60mm 박격포탄과 2.36인치 로켓포를 쏘았다. 적의 줄은 흩어지고 허수아비처럼

허우적거리며 논밭에 쓰러졌다.

　죽느냐 사느냐 갈림길에서 답답하기만 했던 가슴이 후련하게 트이는 속 시원한 장면이었다. 이리하여 적의 거만한 콧대를 꺾어버린 9중대는 사기가 하늘을 찌를 듯 높았다. 중대 인사계 노재돈 일등상사는 민간인 지게로 탄약을 운반하여, 다음 판가름 싸움을 준비했다.

　첫 공격에 호되게 얻어맞은 적은 잠시 후 다시 대열을 준비하여 일파만파로 고탄리 넓은 들판에 수백 명의 인민군이 벌떼로 달려들었다. 아군 병사들은 조금도 흔들이지 않고 침착하게 잘 싸웠다. 그러나 8시경에는 탄약이 바닥났다. 그리고 다치고 죽는 병사가 점점 늘어 더 이상 오래 버티기 어렵게 되었다.

　아군이 열 배이면 포위하고, 다섯 배면 사방에서 공격하고, 두 배면 일반적으로 싸우고, 대등하면 적을 분산시키고, 적으면 지키고, 적보다 못하면 피해야 한다. 지금 적이 아군보다 세 배나 많다. 적보다 못하니 피해 가면서 싸워야 한다.

　이 무렵 모진교를 지키던 제1 소대장 양 소위는 사라지고, 적이 모진교를 차지했다. SU-76 자주포와 야포 등 중장비가 5번 국도를 따라 남쪽으로 향하고 있었다. 뒤쪽 도로는 끊기고 적 가운데 외톨이로 남게 되었다.

　김명규 중대장은 물러날 길이 끊어지기 전에 뒤로 물러났다. 그는 대원들에게 남쪽 능선 뒤에 있는 발산리에 모이도록 명하고 사격을 하면서 남쪽을 바라보았다. 고탄리 남쪽 일대에는 이미 인민군이 차지하고 있었다. 김 중대장은 양통고개 쪽으로 방향을 잡아가니 2대대 6중대 쪽으로 침범해 들어온 적은 수

리봉과 양통고개를 차지해 나갈 길을 막았다. 그리고 9중대를 향하여 기관총과 소총 사격을 세차게 퍼부었다.

그래서 대원들은 남쪽을 향하여 공격했으나 완강히 맞서 버티므로 60mm 박격포 10여 발로 포격하여 이를 무찔렀다. 김중대는 발산리에 모여, 가지고 있던 전화기로 대대본부의 전화선에 연결하여 불러내 보았으나 통하지 않았다. 우두산을 지나 소양교를 건너 대대본부에 오후 4시경 도착했다. 부대를 재편성하니 중대원은 노재돈 일등상사 이하 36명이었다. 장교는 김명규 중위 1명뿐이고 1소대장 양 소위 실종, 2소대장 부상 후송, 4소대장 전사, 사병은 100여 명 전사 또는 사라지고, 부상으로 6·25 전쟁 첫 싸움에 9중대 병력의 60%에 달하는 매우 큰 손해를 가져왔다.

인민군은 고탄리, 원통리 일대에서 뜻밖에도 아군 3대대의 완강한 저항에 부닥쳐 전진 속도가 늦었다. 도로변에 줄지어 기다렸던 자주포와 신포리 일대에 배치된 122mm 곡사포로 아군 3대대 진지를 포격했다. 모진교 다리 옆에 쌓아 만든 토치카는 76mm 포 2~3발에 부서졌다. 산병호와 교통호도 잠시 쏟아지는 포탄에 유리창 깨어지듯 산산이 부서졌다.

38선 47km에 이르는 연대 방어지대 중간부분에 1개 소대가 지키는 너비 4m 안팎인 모진교는 제방을 뚫은 개미구멍만큼이나 작은 부분이었다. 그러나 적 1개 사단이 공격해 왔다. 이런 세찬 물결이 밀고 왔을 때에 이 개미구멍을 막지 못한 까닭으로 38선 큰 물막이 둑은 맥없이 무너지고 말았다.

적은 모진교를 미리 살펴본 바 있었으나, 다시 점검하였다.

그러나 춘천공격에 가장 큰 어려운 고비로 보았던 그 다리가 상처 하나 없이 손아귀에 들어왔으니 계획한 것보다 더 빠른 시간 안에 춘천을 점령할 수 있다고 판단했다. 적이 춘천 공격 정면에 소련제 T-34 전차를 선뜻 들이지 못한 까닭은 모진교가 전차 무게를 감당할 힘을 헤아려 봄에 있었을 것이다.

춘천시내 연대본부와 함께 영내에 머물러 있는 3대대와 2소대, 중기관총 1개 반과 소대 일부 병력이 대기하고 있었다. 비상이 걸리고 외박했던 장병들이 속속 돌아오고 있었다. 새벽 6시에 처음으로 고시락 고개에 배치된 10중대 1소대장이 전쟁 돌아가는 형편을 보고했다.

대대 인사장교 송인규 중위는 대대본부 중대와 10중대 남은 병력을 합쳐 지휘했다. 이때 준호 담임선생님이었던 춘천사범학교 교련장교 박노원 소위도 함께 왔다. 자동차로 마산리로 이동, 이곳에서 고탄리로 쳐들어가 9중대를 지원할 계획이었다. 그러나 역골 북쪽 지내리에서 1개 대대 크기의 적이 아침식사 중인 것을 보았다. 송 중위는 5번 도로 우편 116고지에 대대 본부중대를 일정한 자리에 나누어 두고, 방어진지를 편성했다. 이때가 오전 9시경이며 내리던 자드락비가 멎었다.

한편 본부중대보다 40여 분 먼저 나간 12중대는 이현우 일등상사 지휘로 역골 북쪽 도로 우편에 중기관총 2정과 그 뒤에 81mm 박격포 2문을 배치했다. 때마침 도로로 38선 부근 송암리에 살던 주민 4~5명씩 떼 지어 내려오면서 인민군이 뒤따라 온다고 알려주었다.

피란민이 지나간 지 한참 만에 SU-76 자주포를 앞세운 적이 나타났다. 그들의 일부 병력은 서상리 쪽으로 남하할 목적인지 여울을 향해 북한강을 건너기 시작했다. 3대대 본부와 12중대는 그들이 강 중간쯤 들어섰을 때 몰아 쏘기를 하는 한편 도로 위의 적 보병에게 자주포와 박격포 사격을 퍼부어 이들을 물리쳤다. 처들어오던 적은 몹시 당황하면서 버티지 못하고 물러갔다. 북한강을 건너던 적 병력 중 살아 도망친 자는 몇 명 되지 않았다. 아군은 재빨리 116고지로 물러섰다.

제2대대는 양통리 동쪽에서 계명산 남쪽 기슭까지 1개 소대를 652고지 일정한 자리에 나누어 놓고, 나머지 병력은 대대예비대 임무를 겸했다. 지역 내에 652고지- 오봉산- 부용산- 654고지 높은 봉우리가 38도 선상에 가로질러 있고, 북쪽에서 남쪽으로 통해 나갈 길은 막아내기에 유리했다.

반면 워낙 방어지역이 넓고 험한 산이므로 연락이 끊겨 방어하기가 어려웠다. 예비대 운영이 일정한 한도를 넘지 못한 까닭에 융통성을 갖지 못하는 흠이 있었다. 또한 전방의 5·6·7중대는 대한청년단의 지원을 받아 후미진 곳에 경계를 담당하고 있었다.

2대대는 전투지역 내에 적이 가까이 오리라 짐작하는 곳을 다음과 같이 판단했다. 그중에서 비교적 방어가 불리한 4번 접근로에 방어 중심을 두고 오항리 장재동에 토치카 1개소를 사용하도록 쌓아 만들었다. 적이 쉽게 올 수 있는 곳인 용화산~양통리는 6중대가 막고, 오음리~배치고개~부귀리는 5중대, 오음리~간척고개~부귀리는 3중대, 추곡리~장재동~내평리와 양구~추양리~내평리는 7중대가 막기로 했다.

그러나 적은 2번 가까운 길과 배치고개에 힘 있는 부대를 넣어 2대대 방어지역의 중앙을 뚫고 나가 아군을 둘로 쪼개려고 하는 동시에, 가까운 길에서 한꺼번에 공격을 시작했다.

25일 새벽 4시 간척리 일대에 벌려놓은 적은 12문의 곡사포로 청평골을 모질게 치자 가까운 길도 불같이 맹렬하게 우박처럼 포탄이 쏟아졌다. 청평골 북쪽 배치고개를 막아 지키는 8중대 1소대는, 전날 저녁 소대병력 18명이 외박하고 5중대도 비슷한 병력이 외출 중이었다.

8중대 1소대는 적 포격이 시작된 초기에 7명이 전사하고 3명이 부상함으로써 전투력을 잃어버렸다. 소대장 안태석 소위는 어찌할 바를 모르고 갈팡질팡하는 부하들을 꾸짖고 부상자를 후방으로 보냈다. 1개 분대 병력으로 배치고개에서 적을 막아내는 데 안간힘을 다하였다. 그러나 국군은 적은 수로 많은 적을 막지 못하고 물러났다.

부용산 동편 707고지에서 간척고개를 방어하던 5중대 1소대 강주명 소위는 앞에서 약간의 포탄이 떨어지더니 곧 적이 기관총을 몰아 쏘았다. 이길 수 없는 적을 만나면 방어 위주로 나가고 이길 수 있는 적을 만나면 공격해야 한다.

1소대 1분대장 김관희 하사는 적의 공격이 시작된 얼마 뒤에 소대 본부로부터 호각 소리가 세 번 나면 물러나라는 명령을 받았다. 그 1분대는 총격과 수류탄을 던지는 전투를 벌이면서 바짝 대드는 적을 무찔렀다. 그때 간척고개를 뚫고 나가는 인민군 1개 중대가 부귀리에 나타났다. 아침 7시쯤 때마침 철수를 알리는 호각 소리가 들리므로 중대 본부로 물러났다.

오른쪽 7중대 앞에서도 어우러져 싸움이 계속되고 있었다. 적은 예상한 대로 추곡리에서 장재동으로 1개 중대 병력이 공격해 왔다. 이때 654고지 중턱에 쌓아 만든 토치카에서는 7중대 1소대장 김웅래 소위가 유리한 땅 모양을 최대한 활용하여 적을 막고 있었다. 적은 3~4회에 걸쳐 돌격했으나 모두 실패로 끝나자, 적군은 그 힘으로 아군을 억누르면서 우측 골짜기로 돌아 장재동을 차지했다. 그 남은 힘을 몰아 내평리로 밀어닥쳤다. 뒤늦게 적 가운데 외톨이가 된 것을 알게 된 김웅래 소대장은 708고지~578고지~내평 나루를 거쳐 다음날인 26일 14시경에 지내리 대대와 합류했다.

한편 제2대대 오른쪽 추양리에 배치된 제7중대 2소대는 46번 도로를 따라 남쪽으로 내려오는 적과 세력이 불같은 충격전을 펼치면서 한 발짝도 물러서지 않았다. 적은 38도선 남쪽 100m 거리에 있는 나무다리를 부수지 못하도록 다리 부근에 세차게 포격을 더하여 아군이 가까이 가는 것을 막고 있었다. 그런데 아군에게는 이 다리를 부수는 아무런 계획도 없었다. 이러한 싸움이 약 1시간 계속되는 동안 적이 장계동~내평리를 을러댔으며, 용소동에 있는 중대장은 3소대장에게 물러날 것을 명령했다.

제2대대 앞 전투 경과를 돌이켜 보건대, 적은 방어에 유리한 감제고개는 직접 공격하지 않고 소수 병력으로 아군을 꼼짝 못 하게 하는 한편, 배치고개와 간척고개 그리고 장재동에 힘을 쏟아 아군이 막아내는 방어진지를 뚫고 나갔다. 이로 말미암아 2대대 전투지역은 네 토막이 났고, 물러날 길이 끊겨 공격을 받은 아군 대대는 어지럽고 질서가 없어진 탓에 화끈하게 싸워보지 못한 채 물러서게 되었다. 적은 두말할 나위도 없이 공격전에 아군 배치 상황을 자세히 파악하고 사전에 세밀한 지형정찰을 실시하여 작전계획을 세웠음을 뜻한다.

제2대대장 김종수 소령(후에 제2군단장으로 중장 예편)이 전방 전투상황을 보고받은 시간은 05:00 조금 전이었다. 그 후 모든 통신이 끊겼다. 대대장은 38도선 경계가 무너졌을 때를 준비하여 부대대장 허용우 소령으로 하여금 6중대와 대대본부 병력을 지휘하여 샘밭 건너편 소양강에 버티어 낼만한 곳을 미리 차지하여, 뒤로 물러날 병력을 쓰도록 한 후 전방으로 나갔었다.

그러나 대대장이 샘밭 부근에 08시 30분쯤 이르렀을 때, 이미 일부 병력이 도로를 따라 물러서고 있었다. 그로부터 30분 뒤인 09:00에 적의 큰 무리는 옥산포~춘천을 목표로 공격을 시작했다.

조금도 주저하거나 늦출 수 없는 형편이라고 판단한 대대장은 그곳에서 병력이 나오는 대로 원진나루에서 소양강을 건너게 하여 동면 지내리에 모이게 했다.

그 후 약 3시간이 지난 12시경에 이르자 대대병력의 절반가량 모였으므로 중대별로 계획된 방어진지를 차지하고 대대 관측소를 설치했다. 중대 배치 상황을 낱낱이 검사한 대대장은 새벽에 기습받은 충격 때문에 초조하고 활기 없는 장병들의 표정을 보았다. 그래서 적군에게 무서운 생각과 마음을 완전히 바꾸어 주리라고 했다. 새로 활달한 기개를 불어넣어 주어야

되겠다는 생각에 잠겨 있었다. 바로 이때 원진나루 부근 도로에 적군은 빽빽이 모여 줄지어 나타났다.

　대대장 김종수 소령은 미소를 지었다. 아침에 내평지서를 공격한 인민군 2사단 4연대가 밀집대형으로 46번 국도로 남쪽을 향해 걸어 나가고 있었다.

　대대장은 서두르는 장병을 격려하며 적에게 총을 쏘는 거리에 완전히 들어온 후에 갑자기 치기로 몰아 쏘았다. 장병들은 38도선 경계진지를 잃은 죄책감과 이쪽만 당했던 분통을 터뜨렸다. 반드시 죽이겠다는 마음가짐으로 적을 쓰러뜨렸다. 불과 5~6분간의 총격으로 인민군 시체는 도로변에 즐비하게 내버려 둔 채 뿔뿔이 흩어졌다. 아군 진지에서는 승리의 아우성이 메아리쳤다. 이 짧은 시간 맞붙어 싸워 비록 소수의 적을 무찌른 것에 지나지 않았다. 그러나 제2대대 장병들에게 승리에 대한 자신감을 불어 넣은 활력소가 되었고, 침체된 사기를 북돋는 계기가 되었다는 데 큰 의의가 있었다.

　인민군 4연대는 모진강 다리를 아군이 파괴했을 때 춘천을 그날 점령하기는 어려울 것으로 예상했었다. 그래서 장재동으로 돌아 46번 도로 옆에 있는 내평경찰지서를 공격했다. 지서장 노중해 경위는 지서원과 청년난상 김봉림 등 10명을 지휘, 지서 주위에 돌과 마대로 미리 만든 방호진지에서 한 걸음도 물러서지 않고 한 시간 이상 소총으로 열심히 싸웠다. 적 20여 명에게 손실을 입혔으나, 적군은 큰 병력으로 지서를 포위하면서 82mm 박격포로 공격하여 전원 함께 전사했다. 이 전투로 1시간여 늦춤으로써 국군 2대대는 윗샘밭 원진나루에 방어진지를 쌓아 올리는 시간의 여유를 얻어 적의 남진을 막고 무찌르는 데 이바지했다.

연대 왼쪽 앞 적목리에서 마평리 동편까지 18km에 달하는 넓은 정면을 담당한 10중대 방어지역은 화악산~매봉~촛대봉들 큰 봉우리가 산줄기를 이루고 있어 북쪽에서 남쪽으로 이어진 길은 하나도 없다.

맞싸움 하는 곳인 사창리~시룬고개~신당리~고시락 고개~홍지기 고개~목동리~가평으로 통하는 두 개의 계곡과 가까운 길이 있다. 10중대는 이중 가평까지 짧고 비교적 움직이기 쉬운 바른쪽 길 막아내기 쉬운 곳에 화기 소대 2개 분대를 보내 고개에 나누어 두었다. 중대는 온 힘을 기울여 목동리에, 그리고 대대 예비인 11중대는 가평에 각각 모여 있었다.

마평리 남서쪽 1km 지레목에는 폭 2~3m밖에 안 되는 좁은 골짜기 어귀가 있다. 고시락골이라고 부르는 이 골짜기 좌우 양편에는 가파른 능선이 연결되어 있기 때문에, 땅 모양은 1개 분대 병력이 흩어져 있기에도 좁은 구유골이었다. 이 골짜기를 따라 약 1km 남쪽으로 올라가면 산봉우리 3형제가 나란히 가로막을 이루고 있다. 그 고갯길로 이어지는데 이것이 고시락 고개로서 싸움하기에는 매우 중요한 땅 모양이다.

이 고개에선 이번 싸움 전에도 매일 같이 인민군이 싸움을 걸고 있었으므로 3개의 고지 정상에는 토치카가 한 개씩 쌓아 놓고 있다. 그 고개 북서면 8부 능선에는 10여 개의 콘크리트 지붕호가 설치되어 있었다.

6월 24일 고시락 고개 남쪽 지암리에, 동네 어른이 제삿밥이라며 술, 밥, 고기를 10중대 1소대 진지로 가져왔다. 그러나 제 삿밥을 먹지 않았다. 소대장 이한중 중위는 이상한 예감에 불 길한 생각이 들어, 자정이 지난 직후 비상을 걸고 보초를 세워 경계를 튼튼하게 했다.

이윽고 4시 30분쯤 모진교 일대에 적의 폭탄이 쏟아지고 있을 때 전화기에서 이상한 소리가 들려왔다. 수화기를 들어보니 "똑같은 민족인데 왜 싸우는가?"라는 함경도 사투리가 되풀이되고 있었다. 적이 아군 전화선에 그들이 전화선을 연결시켜 통신 어지럽힘과 심리전의 효과를 동시에 노리고 있었다. 중대본부에 연락하니 아무 일도 없었다고 했다.

날이 훤해지고 자드락비가 멎은 얼마 뒤, 싱그러운 골바람이 뺨을 스치고 지나갔다. 그때 적의 공격사격이 고시락 고개로 옮겨오리라 예상했다. 무심코 손목시계를 본 소대장 눈에 시계 바늘은 5시를 가리키고 있었다. 그로부터 30분 후 고시락 골 들목에 배치된 잠복조로부터 적이 가까이 오고 있다는 보고를 받았다. 소대장은 즉시 잠복조에게 돌아오라 명령하고 방어진지의 위장막을 다시 살펴보라고 했다.

소대장은 갑자기 쳐서 결정적인 타격으로 승리를 판가름하겠다는 계획이었다. 잠복조가 숨 가쁘게 기자 진지로 올라왔다. 뒤이어 300~400m 앞쪽에 적 1진이 3열종대로 1개 중대가 산꼭대기를 목표로 가까이 다가오고 있었다. 드디어 제1진은 장애물 지대로 들어가 지뢰가 폭발하여 쓰러졌다. 뒤따라오는 부대는 그 시체를 옆으로 굴린 뒤, 다시 앞으로 나가는 끔찍한 일이 벌어졌다. 이른바 인민군이 죄인으로 편성된 교화대를 총알받이 또는 지뢰지대 통로를 개척하려고 편성된 부대로 제1진은 인해전술의 전법이었다.

아군 진지에서는 손에 땀을 쥔 병사들이 숨을 죽이고 가까이 오기만 기다리고 있었다. 소대장은 적이 가파른 언덕 앞 200m 지점을 통과한 뒤에 사격개시 신호탄을 발사했다. 순간 좁은 골짜기는 총격과 수류탄이 마구 날리고 죽음을 재촉하는 생지옥으로 갑자기 변했다. 10여 분 간 짧은 시간에 이기고 지는 판가름이 나고 있었다. 호되게 얻어맞은 적이 총 한번 제대로 쏴보지 못한 채 도망친 골짜기에는 적의 시체가 여기저기 쌓여 있었다.

첫 번째 싸움에서 속 시원하게 적을 쳐부순 병사들은 신바람 나서 만세를 외치며 기세를 올렸다. 그러나 소대장은 조심했다. 이제는 아군 배치 상황이 적에게 드러나게 되었으니 보다 많은 포탄이 쏟아질 것을 미리 짐작했다.

어느새 먹구름은 벗겨지고 따가운 아침 햇살에 땀이 몸에 배기 시작할 그때, 적의 2차 공격이 시작되었다. 그러나 적은 첫 번째와 같이 선뜻 앞으로 나가지 못하고, 엄호사격을 받으며 각자 빠른 발걸음으로 다가왔다. 기다리고 있던 10중대 1소대는 여유 있게 그들을 가까이 꾀어낸 다음 방어사격으로 물리쳤다.

이러한 치고 막기가 약 4시간 되풀이되는 동안 적은 병력을 늘린 듯, 화력이 늘어나고 왼쪽 능선에 맞싸움하도록 모였다. 이리하여 고시락 고개에서 가장 높은 왼쪽 꼭대기를 적에게 빼앗기자 나머지 진지도 지탱하기 어렵게 되었다.

소대장 이한종 중위는 물러날 시기가 왔다고 판단했다. 왼쪽 꼭대기에서 물러난 1개 분대를 홍지기골짜기 들목을 억누를 수 있는 고지로 먼저 보냈다. 그곳에서 소대 주력이 물러설 때 도와주게 했다. 이와 같이 땅 생김새의 이점을 최대한 살려 물러날 준비를 끝마친 소대는 적이 공격을 시작하기 직전에 사납고 세차게 사격을 퍼부어 혼란케 한 후에 진지를 이동했다. 이 때 오른쪽 꼭대기에 배치된 2분대장은 몹시 위태롭고 급한 형편에서도 소대장의 명령이 없다 하여 끝까지 버티다가 소대 전령이 도착하기 전에 적탄에 맞아 쓰러졌다.

고시락 고개에서 물러난 제10중대 1소대는 10시 조금 지나서 홍지기 고개에 준비된 진지에 위장을 하고 무기를 갖추어 놓았다. 그러나 적이 앞으로 나가는 발걸음은 소대장이 판단한 것 이상으로 빨랐다. 소대장은 탄약이 보급되지 못할 것을 생각하고, 소대원에게 적이 가까이 오면 조준사격과 수류탄을 많이 쏠 것을 명령했다.

이리하여 소대는 적이 앞 100m까지 오니, 사람을 죽이거나 상처를 입히는 곳 가까이 왔다. 이 좋은 기회를 놓칠세라 마지막 방어사격으로 한 목표물에 모아 수류탄을 던지며 피투성이 싸움을 거듭했다. 17시가 지나도록 홍지기 고개를 죽을힘을 다해 지켰다. 적은 한시바삐 가평 뺏기를 계획한 듯, 손실을 돌보지 않고 정면 돌파만을 되풀이했다. 이 고시락 고개~홍지기 고개의 늦추는 싸움은 소대장 이종한 중위의 뛰어난 지휘능력을 지녔다. 적의 공격을 14시간 동안이나 막아냄으로써 인민군의 작전계획에 큰 어긋남을 빚게 한 전쟁 역사상 뜻깊은 전투였다.

곧이어 출동 명령을 받은 제1대대는 차량 편으로 여우고개로 이동하여 제1중대는 128고지~한게울, 제2중대는 한게울~164고지, 제3중대는 128고지~사랑말. 제16야전포병 대대장 김성 소령은 포 2문 단위로 2중대 이금연 중위, 3중대 이기연 중위는 병력을 옥산포 일정한 자리에 나누어 두었다.

제7연대장 임부택 중령은 그동안 전투경과 상황을 분석한 결과 인민군이 전쟁을 일으켰으며, 그들의 주력부대를 넣어 공격 방향이 5번 도로로 향하고 있음을 확인했다. 오랫동안 전쟁을 하려면 본격적인 전투준비를 해야 한다. 우선 아래와 같이 처리했다.

1. 작전 지역 내의 민간인 차량과 연료를 강제로 거두어, 연대가 재빨리 움직이는 힘을 마련한다.
2. 전쟁 나기 바로 전에 육군본부 지시에 따라 연대 창고에 맡겨둔 각종 화기를 각 중대에 다시 내준다.
3. 군량미를 준비한다.
4. 우두동 탄약고에 맡겨둔 탄약을 안전지대로 옮긴다.
5. 연대 신예비대를 마련하기 위하여 연대 보충중대 및 근무중대 병력을 전투부대로 잠시 편성한다.

적의 병력은 1개 사단에 전차와 중거리포가 있다. 모든 면에서 적이 3대 1로 우수하다. 공격보다는 수비 위주로 춘천을 방위해야 한다.

이와 같이 지시한 연대장은 9시 우두산에 전술지휘소를 옮기고 연대본부 소속장교를 살려 쓰면서 진두지휘를 했다. 적과 맞서서 싸우려는 준비된 선을 점령했다.

제7연대 대전차포대는 비상 발령 즉시 출동 준비를 갖추었다. 2소대 심일 소대장은 우선 57mm 대전차포 2문을 이끌고 달려 나가 한발에 명중시키겠다는 굳은 결의로 적이 가까이 오기를 기다리고 있었다.

적을 알고 나를 알면 백번 싸워도 위태롭지 않고, 적을 알지 못하고 나를 알면 한 번은 이기고 한 번은 진다. 승리의 확률은 반반이다. 적을 알지 못하고 나도 알지 못하면 싸울 때마다 반드시 위태롭다.

포진지는 북한강 상류 S자형으로 굽이지면서 도로를 옆에 끼고 있는 적절한 사격 위치를 골라 정했다. 꾸부러진 길목을 노리되 포진지를 감추고 나뭇가지로 위장을 잘해 적 전차를 겨누고 있었다. 그때 10대의 전차 구르는 소리가 고막을 울리며 나타났다. (개전 초 아군은 적의 전차와 자주포를 구분 못 하고 전차라 불렀다.)

심 소대장은 말로만 듣던 전차를 처음 보는 순간 큰 바위덩어리가 굴러와 가슴을 누르듯 숨이 턱턱 막혔다. 흥분과 두려움에 떨고 있는 대원들을 격려했다. 심 소대장은 입속으로 "하나, 둘, 셋, … 열."

전차 모습이 전부 드러났다. 절호의 기회, 심 소대장은 사격명령을 내렸다. 두 개의 포구는 동시에 불을 토했다. 그 순간 앞 전차의 왼쪽에 빛이 번쩍했다.

"명중! 명중이다."

눈으로도 분명히 확인되는 단 한 발에 명중했다. 소대원들은 일제히 소리를 질렀다. 전차는 그 자리에서 불길에 싸여 주저앉아야 마땅했다. 그러나 자신의 눈을 의심했다.

"쾅" 하고 전차를 바로 맞혔으나 전차는 잠시 멈칫하더니 또다시 앞으로 굴러가는 것이었다. 이어 제2탄이 계속 바로 맞았으나 끄덕도 하지 않고, 전차는 가까이 다가 와 76.2mm 포를 쏘아댔다.

그러나 앞서오던 전차는 20여m 구르더니 우뚝 서버리고 말았다. 심 소대장은 의심스러운 눈길로 그 의중을 생각해 보았다. 제3탄을 포 속에 넣고 주위를 살폈다. '다시 전진해 올 것인가?' 만약 전진해 온다면 좀 더 가까운 거리로 유인해 포탄을 쏘려고 했다.

그런데 뜻밖의 일이 일어났다. 앞서가던 전차가 우군 진지를 향해 몇 개 발포했다. 그리고 급히 뒤로 가 산모퉁이로 사라져 버렸다. 그 뒤를 이어 다른 전차도 모두 물러났다. 나중에 밝혀진 일이지만 심 소대의 2탄 명중은 적 기갑부대에 심한 충격을 주었다고 했다.

심일 소대장은 대전차포를 1km 남쪽 옥산포(현재 신매리 대교 4거리 부근) 나무숲으로 옮겼다. 적 전차를 부술 방법을 곰곰이 생각했다. 57m 포탄의 효력이 뜻밖에도 미약함에 놀랐다. 그래서 특공대를 조직했다. 훈련과정에서 실시해 본 화염병 공격이었다. 전차를 파괴하기 힘들자, 전차 위에서 지휘하는 군관을 처리하고 차 내에 화염병을 집어넣어 전차를 파괴하는 작전이었다. 지원자로 2개 특공대를 조직했다. 제1조장은 심일 소위와 병장 조군칠, 제2조장은 하사 김지만, 병장 박태갑, 병장 홍일영이었다. 각자 화염병 1개, 수류탄 2개씩 나누었다.

"내 몸을 조국을 위해 희생하겠다는 자만이 승리할 것이다."

심 소대장은 특공대를 격려하고 그들은 소대장과 함께 목숨을 바치기로 결심했다. 나머지 소대원들은 2문의 57m 대전차포로써 두 전차의 바퀴 쇠사슬을 파괴하기로 했다. 포진지는 도로에서 불과 100여m 정도 떨어져 있었다. 소나무 숲속으로 소나무를 쳐서 앞이 안 보이도록 위장했다.

첫 번째 포탄이 명중되어 전차를 멈추게 해야 한다. 그렇지 못하면 여지없이 당하게 될 것은 불을 보듯 뻔한 일이었다. 이 예상되는 위기를 극복하기 위해서는 포탄이 명중함과 동시에 배수로에 숨어있던 특공대가 과감하게 육탄공격을 감행해야 하는 것이다. 바로 그때 숲속에서 이를 악물고 기다리고 있는 국군이 있다는 사실을 꿈에도 생각지 않고 그들의 무덤이 될 장소로 전차가 성큼성큼 굴러왔다.

적 전차 10대 중 2대가 먼저 요란한 엔진소리를 내면서 눈앞에 검은 쇳덩어리가 굴러오는 순간, 대전차포 2문이 불을 뿜었다. 오봉한 하사가 사정거리에 들어 온 전차(US-76저 주포) 10대 중 1번 차를 향해 발사했다. 철갑탄이 날카로운 쇳소리를 내면서 차바퀴 둘레에 긴 벨트를 걸어놓은 무한궤도를 부쉈다. 이어 반드시 맞추겠다는 마음으로 김인구 병장은 2번 차 바퀴 쇠사슬도 옆면을 꿰뚫어 파괴했다. 그토록 거만했던 전차가 기우뚱거리며 멈추어 섰다. 다행히 뒤따라오는 보병은 없었다.

심 중위는 1번 전차에서 지휘하는 인민군관을 처치한 후 잽싸게 올라가 전차 뚜껑 안으로 화염병과 수류탄을 집어넣었다. 그리고 빨리 하수구에 몸을 던져 숨었다. 전차는 "펑" 하는 폭발 소리와 함께 불길이 치솟았다. 제2조장 김지만 하사도 작전대로 전차 뚜껑을 열고 그 안에 휘발유병을 던지고 수류탄을 넣었다. 2번 전차에서도 불길이 치솟더니 요란한 소리를 내며 안에 있던 폭탄이 터졌다. 망가진 2대를 버리고 나머지 8대는 급하게 되돌아 달아났다.

잘 싸워 이긴 것은 승리할 곳에 있어 적이 패할 때를 놓치지 않았다. 이번 승리는 막아둔 물을 천 길 계곡으로 터뜨리는 것과 같은 것이니 그것이 군대의 사기인 것이다.

이 싸움으로 인민군이 춘천으로 들어가는 시간이 늦추어졌다. 적 전차와의 몸싸움에서 우리가 승리했기 때문에 하나인 것이 아니라, 우리가 하나이기 때문에 승리한 것이다.

116고지와 164고지 일대에서 이 광경을 바라본 연대 장병들은 손뼉을 치고 만세를 부르며 기세를 올렸다. 연대장 임부택 중령은 그때 형편을 이렇게 말했다.

"심일 소대장이 적 전차 2대를 부순 것을 계기로 우리 연대 장병들은 전차를 쳐부술 수 있다는 자신감을 갖게 되었고, 그 후부터 전차를 무서워하지 않았다."

심일 소대장의 영웅적인 전투는 전차를 보고 무서워 떨고 있는 장병들에게 '죽지 아니면 살기로' 싸우면 살 수 있다는 자신감을 심어주었다. 옥산포 숲속이 우리의 무덤이 될 수도 있고, 이기는 곳이 될 수 있다. 전차 하면 속으로 떨기만 했는데, 국군 특공대의 활약으로 부술 수 있다는 자신감이 전군에 퍼져 나갔다. 앞장서 전차를 지휘했던 인민군 대대장 중좌 현기철은 (포로의 증언) 전사했다고 한다.

그 후 미군 사령관은 그 사실을 확인하고 심일 소대장에게 은성무공훈장을, 그리고 우리나라 정부에서 최고 훈장인 태극무공훈장을 수여했다. 이 때문에 심일 소대장은 모든 군인의 영웅이 되어 우러러보게 되었다.

심일 소대장의 대전차포 소대가 적 자주포 2대를 불태운 직후, 적은 아군에게 대대적인 공격을 시작했다. 그들은 제1대대가 지키는 162고지 일대에 박격포를, 그리고 122mm 곡사포를 포함한 쏠 수 있는 거리가 긴 대구경포로 춘천시내를 향해 시끄럽게 포탄을 퍼부었다.

그 후 50년이 지난 6·25날 준호는 춘천 신동, 심일 소령 동상을 우러러보니 그는 이렇게 말하는 듯했다.

"자유를 수호하기 위해서 공산당과 싸워 반드시 이겨야만 한다. 우리의 적은 북한 공산당이다. 적과 싸워 승리하려면 평소에 땀 흘리며 훈련한 만큼 전쟁에서 피를 적게 흘린다. 우리 후손들이 북한 공산주의를 이기려면 튼튼한 국방력과 잘사는 경제대국이 되어야 한다."

북한 공산당을 격파하자. 우리 선열들이 피 흘려 지킨 조국을 자유민주주의로 발전시켜 나가자. 단 한 번밖에 없는 생명을 초개처럼 버린 이유는 대한민국의 자유를 수호하기 위함이었다. 우리 후손들이 평화롭게 행복을 누리며 살라고 청춘을 바쳤다. 심일 소령이 이렇게 말하는 듯 들렸다.

우리나라는 우리가 지켜야 우방 미국도 우리를 도울 수 있다. 내부 분열이 무서운 적이다. 하나로 뭉쳐야 산다. 개인의 이해관계를 떠나 나라를 위해 무엇을 할 것인가를 먼저 생각하자. 북한 땅엔 아직도 2천5백만 동포가 노예 같은 생활을 하고 있다. 그들을 해방시키는 것이 우리의 사명이다.

앞서가는 심일 소령의 발길이 역사의 물줄기를 바꾸어 놓았다. 많은 군인들의 사기를 진작시켰다. 그 한 분의 정신이 전쟁의 흐름, 내일에 대한 꿈, 깊은 혜안, 자신감을 갖게 하여 승리로 이끌었다.

우리 2세들은 전사한 그분들께 감사해야 한다. 지금 누리고 있는 자유는 영웅들의 피 묻은 군복으로 가능했으며, 그 위에 우리는 서 있다. 대한민국을 지킨 전사자들의 희생과 헌신에 감사하며 그들을 기려야 한다. 앞으로 국가를 위해 목숨을 바친 영웅들을 홀대하거나 잊어서는 안 될 것이라 생각했다.

6·25 전쟁 때 적 탱크를 몸으로 막아낸 5용사들의 호국정신을 본받아, 오늘날 원자탄으로 위협하는 김정은 공산당 정권을 5천만 국민 모두 단결하여 막아내자. "불멸의 적"이라고 선언한 김정은의 말에 겁내지 말아야 한다.

조국 없이 나는 존재할 수 없다는 신념으로 적 탱크와 맞서 맨몸으로 싸운 육탄 용사들의 정신으로 우리 조국을 지켜나가자. 그렇게 심일 소령의 용맹은 전의를 상실한 전우들에게 용기와 사기를 북돋아 주었다.

왜 목숨을 걸고 적 탱크와 맞섰을까? 나라 사랑과 대한민국 백성들의 자유를 지키려고 하나밖에 없는 목숨을 바쳤다. 조국이란 우리의 정체성을 확립하고 가치를 세우며 애국심을 불러일으키는 경험의 총체이다. 앞으로 교사들은 대한민국은 어떤 나라이며 무엇이 역사적 진실인가를 제자들에게 명백하게 가르쳐야 할 책무가 있다고 준호는 생각한다.

우리는 6·25전쟁을 쉽게 망각해서는 안 된다. 그들의 희생이 있기에 오늘날 우리가 자유를 누리고 잘살고 있다. 최근 북한 김정은 위원장은 대한민국을 점령, 평정하여 북한의 영토로 만들겠다고 큰소리치고 있다. 북한 공산당의 목표는 오로지 적화통일이다. 그들의 위협에 겁내지 말고 국방을 튼튼히 해야 한다고 준호는 마음먹었다..

심일 소령은 한국전쟁 초기에 절망적이던 국군들에게 '이길 수 있다'는 신념을 갖게 한 선구자이며 애국자였다. 솔선수범하여 앞장서 나가 전우들을 사랑하는 지휘자였다. 심일 실화는 계속 찬양받아 마땅할 일이다. 국난의 시기에 나라를 지킨 위대한 전쟁영웅을 잊지 말자고 준호는 마음에 간직했다.

그는 대한민국을 위해 희생했다. 영웅 중에 영웅이며 군인 중에 군인이다. 그들 불행한 세대가 자유를 위해 생명을 바쳤기에 대한민국에서 자유와 행복을 누리며 잘살고 있다. "영웅이여! 고이 영민하소서."

제1대대 방어지역에서는 지내리 근처로 가까이 엿살피러 온 선발대 적을 1중대가 사격해 물리쳤다. 조금 지난 뒤 뜻밖에도 적은 5번 도로를 중심으로 역골~옥산포~춘천에 가까운 도로를 따라 공격해 왔다. 이들 앞에는 제16 야전포병대의 105mm 곡사포 4문과 57mm 대전차포 4문, 그리고 116고지에 있던 제3

대대 일부 병력과 사단 공병 1개 소대밖에 없었다. 그야말로 춘천은 바람 앞의 등잔불처럼 위험한 고비에 맞부닥치게 되었다.

인민군은 단숨에 춘천을 차지하려고 결심한 듯 전술 원칙 따위는 무시했다. 역골~춘천 간 6km에 달하는 탁 트인 벌판을 여러 세로띠로 서서 빽빽이 빠른 걸음으로 걸어 나왔다. 따라서 그들의 대형은 전투 형으로 볼 수 없었다. 소련제 아카포총 끝에 대검을 꽂은 채, 행렬을 갖추어 앞으로 치닫기만 했다.

116고지에 나누어 둔 제3대대 일부 병력은 적에게 사격을 가하다가 물러설 길이 막히기 직전에 208고지로 물러나 준비된 진지를 점령했다. 심일 중위가 지휘하는 대전차포 소대는 자주포를 깨뜨린 지점에서 116고지의 제3대대 일부 병력 철수를 도와주고, 적이 300m 앞까지 왔을 때 뒤로 물러났다. 그러나 57mm 대전차포 1문은 포 다리가 진흙 속에 깊이 빠졌기에 그곳에 버려두었다.

한편 옥산포 남쪽 금강봉 부근에 배치된 제16야전 포병대대 제2, 제3 2개 중대는 105mm 곡사포 4문을 가장 빨리 내쏘는 속도로 사격하여 적을 흩어지게 했다. 그러나 적은 여전히 북한강변 모래밭과 5번 도로 좌우측 보리밭을 누비며 가까이 왔다. 이때 포병을 보호한 보병은 그동안 105km 지점의 164고지 일대에서 금강터 부근을 발판으로 쳐들어오는 적과 맞붙어 싸우고 있었으므로 형편은 대단히 불리하고 위태로웠다.

제2포병 중대장 이금열 중위는 매우 급한 형편에서 벗어나려고 각 포 단위로 직접 겨냥사격을 명령했다. 제3포병 중대도 또한 이에 따랐다. 이리하여 포병은 처음 진지에서 한 발짝도 뒤로 물러서지 않고 포탄을 쏟아부었다. 드디어 적이 400m 앞까지 바짝 대들 때도 포 단위로 그 거리를 지켜 한 번 나갔다가 한발 물러서는 일을 되풀이했다. 그러면서 포격을 계속하고 59mm 대전차포 3문도 이에 거들었다.

국군이 적 제1공격대를 쳐 없애면 다음 군대를 집어넣어 그야말로 사람 무더기 전술人海戰術로써 앞면만 뚫고 나갔다. 이러한 미련한 싸움은 한결같았다. 우두 벌에 숨길 물건이라고는 나무 몇 그루와 마을 집들뿐, 아군에게 모두 드러난 탁 트인 벌판을 가로질러 처들어왔다. 그러므로 그들은 많이 죽거나 다쳐 손해는 엄청나게 더해 갔다.

그럼에도 적은 거리낌 없이 우수한 불기운과 병력에 기대어 공격에 공격을 되풀이한 까닭에, 한때는 제16야포 포병대가 머물러 있는 곳 500m 지점까지 바짝 대들어 왔다. 참으로 손에 땀 나게 하는 아슬아슬한 판세였다. 이런 속에서 아군 포병과 대전차포는 목표물을 바로 맞힘으로써 숨 쉴 틈도 없이 퍼부어 적을 세게 쳤다. 어느 쪽이 더 끈질기게 버티느냐 정신력의 싸움이었다.

제/연대는 이 마지막 전투에서 끝내 적을 누르고 최고조에 달했던 위험한 고비를 이겨냈다. 적은 소양강까지 600m 거리를 남겨놓고 물러나고 말았다. 우두산에서 진두지휘하던 연대장은 제1대대로 하여금 적의 옆쪽을 치게 하고, 연대에 소속된 사단 공병 제1중대는 소양교를 지켜 싸우도록 했다.

제16야전포병 대대장은 문정리에 배치한 1중대의 포 2문을 우두산으로 이동시켜 제2, 3중대의 화력을 더 강하게 했다. 먼저 싸움터에 가서 적을 기다렸다. 대대본부에서는 사격 준비를 갖춘 포를 속속 옥산포 부근으로 밀고 나갔다. 이와 함께 여우고개에서 벌어진 적의 옆을 공격했다. 이리하여 시간이 흐를수록 연대 화력이 세어져 가는 반면, 적의 총공격은 약해져 갔다. 인민군 제2사단이 왜 이렇게 미련한 전술을 한결같이 했는지 이해하기 어려웠다. 갑자기 치기로 나와도 큰 개갬抵抗 없이 38선을 넘어선 그들이 국군 전투력을 얕본 것에 원인이 있었던 것으로 짐작된다.

옥산포 전투에서 적은 전술의 기초원칙도 제대로 적용하지 않았으며, 보·전·포 협동작전이 미숙하여 제각기 행동하는 형편이었다. 이 전투에서 기세가 크게 꺾인 적은 마침내 역골 쪽으로 물러나기 시작했다. 이때 164고지의 제1대대는 싸워 이길 기회를 잡았다. 그러나 금강터 및 발산리 일대에 모인 적이 아군을 억누르고 나오지 못하도록 방해했다.

옥산포 전투가 한참 열기를 더해 가고 있을 무렵 적의 일부가 가래모기 나루에서 북한강을 건너 근화동으로 스며들었다. 때마침 이들은 연대장의 명령을 받고 급히 떠난 연대 근무중대 서근석 특무상사가 지휘하는 1개 소대와 제방에서 맞부딪쳤다. 인민군은 강을 두 번씩이나 건너려고 했다. 그때마다 온 힘을 다해 무찔렀다. 적 5~6명이 총격전을 벌이면서 춘천시내로 들어오려고 했다. 경찰과 합동작전한 시민의 도움으로 모두 쏘아 죽였다.

한편 소양교 들목 봉의산 북쪽에 배치된 사단공병 1중대는 강 따라 막아내는 진지를 손질하고 건너편 들머리 일대에 장애물을 설치했다. 그리고 불리해졌을 때를 대비해 소양교를 두 동강 내도록 폭약을 재어 놓았다.

준호는 빨리 학교로 오라는 연락을 받았다. 벌써 상급생과 친구 수십 명이 춘천고등학교 운동장에 모여 있었다. 군 트럭을 타고 우두동 제16 야전포병 대대본부 영내로 들어갔다. 그곳에 있는 포탄을 근화동 파출소로 옮기는 작업이었다. 대대 보급과 정기백 일등상사는 사병 5명과 트럭 2대로 포탄을 안전지대로 운반했다. 이와 함께 대대 보급장교 김운한 중위는 춘천농업고등학교와 춘천사범학교·춘천고등학교 학도호국단의 도움을 받아 학생을 동원하고, 최갑석 일등상사는 민간차량 2대를 잡아 썼다.

북한강 건너 우두벌 16포병 대대본부에 보관 중인 105mm 포탄 5,000여 발 중 필요량만 남기고, 3,500여 발을 남쪽 기지로 옮겨야만 했다. 춘천농업학교 농장 손수레, 제사공장에서 사용하는 손수레 20여 대를 이용하여 공장직공, 소양국민학교 교사와 동네 청년들도 나와 도왔다. 이런 시민 협조가 포탄을 강 건너 소양파출소까지 3개 구간으로 나누어 릴레이식으로 날랐다. 지게는 1~2발, 손수레는 3~4발, 우마차는 4~5발, 화물자동차는 8~9발씩 소양파출소로 운반했다. 그 후 징발된 화물차로 사범학교까지 운반했다. 이에 춘천농업학교, 사범학교, 고등학교 등 300여 명의 학생과 민간인이 합심하여 포탄을 옮겼다. 인근 주민들도 스스로 협조했다. 부근에 있는 제사공장 여공들은 주먹밥을 지어 대대 장병들에게 직접 주면서 사기를 북돋아 주었다. 참으로 감격스러운 장면이었다. 옆에서 포탄이 터지고 총탄이 날아와도 학생과 주민들은 조금도 흔들리지 않았다. 군·관·민이 한 몸 되어 제16야전포 대대의 포탄 3,500여 발과 소총 실탄을 남김없이 안전지대로 옮겼다. 탄약 운반이 끝난 뒤 최갑석 일등상사는 대대본부 부근에 있는 곡물창고에 쌀이 보관된 것을 확인했다. 그 쌀을 실어내는 허가를 받아 어두워질 때까지 4대의 트럭으로 소양강 남쪽으로 운반, 국군비상용 식량으로 마련했다.

작전 처음 시기에 갑자기 들이쳐 성공하여 38선을 쉽게 돌파한 것에 만족한 인민군 제2군단은 이날 10시쯤 전술지휘소를 사명산으로부터 오음리~화천을 거쳐 지촌리로 옮겼다. 이때를 전후하여 그동안 군단 지휘소에서 작전을 지도하던 소련군 고문관들은 어디론가 자취를 감추었다. 그것은 이 전쟁에 소련이 끼어들지 않았음을 보이려는 것이었다.

적은 주목표인 춘천 공격에서 많은 손실만 남기고 실패했다. 바로 25일 안으로 춘천을 점령할 가망은 도무지 보이지 않았다. 16시쯤 적은 우두산 일대에 치열한 포격을 시작하고 역골 삼거리와 발산리~유포리에서 활발하게 움직이기 시작했다. 틀림없이 재공격을 꾀하는 듯했다.

이 무렵에 아군도 온갖 전투태세를 갖추고 있었다. 특히 제16야전포병대대는 12문의 105mm 곡사포가 모두 근거리 사격 준비를 마치고 기다리고 있었다. 연대 전술지휘소를 우두산에서 봉의산으로 옮기고 연대본부는 석사동으로 옮겼다.

제1대대는 적이 옥산포에서 물러설 때 208고지에 외톨이가 된 남은 병력과 사단공병 1중대 2소대를 거두어들였다. 대대와 맞버틴 적은 북동 방향으로부터 아군을 억누르고 있었다. 이로 말미암아 대대는 역골에서 움직이는 적 주력부대에 대한 공격을 할 수 없었다. 이런 형편 속에 뜨막한 상태가 지탱해 나갔다. 대대장은 대대 수색대를 208고지 일대에 몰래 숨어들게 해 적군 속내를 살피고 지원 포병의 불기운을 이끌어냈다. 이 작전이 크게 나타나 공격준비 중이던 적을 세게 침으로써 이날 안으로 예상되었던 그들의 2차 공격은 끝내 나타나지 못했다.

이내 해거름으로 어두운 장막이 주위를 감싸기 시작할 무렵, 제16포병대대는 소양강 남쪽으로 옮겨 아래와 같이 사격진지를 점령했다. 1중대는 봉의산 뒤에, 2중대는 우시장에, 3중대는 춘천역 부근에 배치했다. 이 지시에 따라 3중대장 김명익 중위는 123고지로부터 중대를 1개 소대씩 차례로 뽑아내어 대대관측소 부근에 이르렀을 때, 대대장으로부터 다시 원진지로 돌아가라는 명령이 떨어졌다. 중대장은 느낌이 이상하여 각 소대별로 213고지에 적이 몰래 스며들었는가를 확인하게 했다.

얼마 후 샘두라 부근에서 총소리가 울리고 뒤이어 수류탄이 어지럽게 터지는 속에서 3소대장 지일섭 중위의 우렁찬 소리가 긴간이 늘려왔다. 중대장은 즉시 1개 소대를 샘두라 왼편으로 돌아 적이 가는 길을 막았다. 적은 이날 밤 3중대가 진지에서 떠난 것을 알고 샘두라 부근 3소대 진지로 스며들다가 갑자기 되돌아온 아군과 맞부딪쳤다. 얼마 후 적군은 땅모양에 익숙한 아군 병사들의 재빠른 행동으로 선수 쓰기에 억눌려 발산리 북쪽으로 물러나고 말았다. 적은 시체 10구를 남겨두고 아군은 따발총을 포함한 소총 9정을 뺏었다.

제2대대 방어 앞은 조용했으나 해넘이 할 그때쯤 샘밭 북쪽에 적이 모이는 낌새가 보였다. 대대장은 이 부근에서 몇 차례 강 건너는 훈련을 실시한 바 있는 5중대장 김상홍 대위에게 적군 속내를 확실히 알아보라고 명령했다. 5중대장은 소양강을 건너야 할 어려움을 살펴 30명 날랜 대원을 뽑아 137고지 뒤에서 야간전투 훈련을 실시했다. 원진나루는 그쪽이나 이쪽이 경계가 무시무시함으로써 그곳을 이용할 수가 없었다. 그래서 중대장은 그 서쪽 1.8km 지점의 할미여울에서 강을 건넌 다음 곧장 북쪽 보리밭을 가로질러 128고지 뒤로 올라갔다. 이 날은 음력 5월 10일 미리내(은하수)가 남북으로 길게 강물처럼 흐르고, 어스름 달빛이 산과 들에 가득 차 있었다. 고지 중턱에서 한참을 적군 속내를 살피던 중대장은 그들이 전혀 야간전투에 준비하지 않고 있다는 사실을 알고 이길 자신이 있음을 믿었다.

연대포격으로 군대 모이기에 어렵게 된 적은, 이날 저녁 대포를 쏘아대기 시작했다. 봉의산에서 이를 지켜보던 연대장은 수색대에 적의 포진지를 습격하라고 명령했다. 연대 수색대장은 수색대원과 서북청년단원을 합쳐 30명을 뽑아 특공대를 짰다. 그리고 적지에 스며들려고 맡아둔 인민군 복장으로 갈아입었다.

23시 정각 우두산을 출발한 특공대는 208고지 강남 쪽 기슭을 따라 116고지로 은밀히 스며들었다. 이 고지 뒤 삼거리에서 적 야포 여러 개가 불을 뿜고 있었다. 인민군 복장을 한 특공대는 포진지 가까이 갔다.

걷는 도중 그들이 암호를 묻는 것을 신호로 한꺼번에 총탄을 퍼붓고 수류탄을 던지며 앞으로 나갔다. 몇 명을 죽이고 어떻게 싸웠는지 자유자재로 돌아다니며 쏘고 치면서 쳐들어갔다. 적들이 사격을 하며 대들기 시작하자, 늦어지기 전에 208고지를 빠져나왔다. 어느 틈에 금광터를 지나 샘두락 부근에 도착했다. 과연 위엄을 자랑하던, 날래고 용맹스러운 군인답게 한 사람도 뒤떨어진 병사가 없었다.

특공대장은 이 일대 땅 모양을 자기 손금 보듯 환하게 알고 있었다. 그는 주저하지 않고 남쪽으로 내려가 할미여울 부근에 도착했다. 이곳에서 소양강을 건너느냐 아니면 여우고개로 갈 것인가 하고 망설이다가 소양강을 건너기로 했다.

한편 제2대대 5중대 특공대가 샘밭의 적을 습격할 때, 이 여울을 이용했기 때문에 적의 공격을 예상하고 잔뜩 긴장하고 있었다. 아니나 다를까, 강가에 알 수 없는 그림자가 집결하더니 성큼 강으로 들어서는 게 아닌가? 암호를 확인할 필요조차 느끼지 않았다. 그들이 강 가운데 다다랐을 때 알 수 없는 군인이 보였다. 그러나 편안한 생각에 마음 놓고 강을 건넜던 것이다. 매우 급해진 특공대장이

"아군이다. 쏘지 말라! 연내 수색대다."

안간힘을 다해 소리쳤으나 소용없었다. 그리하여 27명이 물속에서 전사하고 수색대장을 포함한 3명만이 겨우 여울 아래쪽에서 강가로 올라왔다. 인민군 복장을 한 특공대가 사전에 작전을 알리지 않았던 실수와 잘못된 생각이 이토록 비참하고 끔찍한 결과를 가져오게 되었다.

원주에 주둔하고 있던 제19연대 2대대는 우두산 일대를 점령하고 제7연대 1대대를 지원할 태세를 갖추었다.

첫날 전투에서 패배한 인민군은 2사단장 이청송을 해임하고 팔로군 출신인 최현으로 26일 안으로 춘천을 점령하라고 김일성은 명령했다.

5

개전 둘째 날 – 6월 26일(월)

햇발이 오봉산 봉우리에 뻗치면서 새날이 밝아왔다. 어젯밤에 역골에서 옥산포 부근에 스며든 적이 모여들기 시작했다. 연대장은 제1대대 대장에게 적들이 늘어나기 전에 이를 쳐부수라고 명령했다. 사단 예비대가 늘었으니 이제는 먼저 인민군을 누를 수 있게 되었다. 제1대대 2중대 중대장 오윤석 중위는 방어진지에 남도록 했다.

10시 30분에 공격을 시작하여, 옥산포에 모인 적을 쳐 물리쳤다. 공격 중에 1중대와 3중대가 마산리 북쪽 어귀로 나갔을 때, 적 자주포 승무원 7~8명이 차 밖에서 쉬고 있었다. 아군을 보자 몹시 놀라 넋을 잃고 도망쳤으나 그중 한 명은 차 속에 들어가 스스로 불을 질렀다. 또 다른 2명은 다급하여 권총을 뽑아 맞서다가 아군 소총수 최용범 하사가 재빨리 한 명을 쏘아 죽이고 나머지 한 명은 사로잡았다. 연대본부 후방으로 보낸 그 포로는 이렇게 말했다.

"홍천으로 가던 제19사단이 2사단으로 오면 힘을 더해 쳐들어가 춘천을 뺏으려고 준비중에 있다."

적은 춘천 공격에 큰 무리를 만들려고 안간힘을 다하고 있는 것이다.

제1대대는 개갬抵抗을 받지 않고 옥산포에서 마산리 일대를 차지했다. 신동리 부근 개울제방에 급히 방어진지를 구축해 적이 되치기 전에 준비했다. 역골 쪽으로 물러난 적은 새로운 부대인 인민군 제2사단 6연대를 더 들였다. 따가운 햇살이 사정없이 내리쬐는 오후 2시쯤 미리 짐작했던 대로 적의 공격이 시작되었다.

적군은 전날과 다름없이 5번 도로를 따라 SU-76 자주포 5대가 앞장서고 그 뒤를 보병이 열을 지어 따라오고 있었다. 아군은 목표물을 향하여 모든 화력을 한곳으로 모아 퍼부어, 보병과 자주포를 떼어 놓았다. 그러나 제1대대가 막는 자리 왼쪽을 뚫고 나온 SU-76 자주포 5대는 뒤따라오는 보병은 아랑곳없이 앞으로 나아가며 공격을 계속했다. 이것을 본 3중대 2소대장 이상우 중위는 2.36인치 로켓포 분대를 이끌고 도랑을 따라 200m 거리 가까이 갔다. 첫 포탄을 쏘았으나 자주포 앞을 맞고 뚱겨 나왔다. 제2탄, 제3탄, 그리고 제4탄을 쏘았으나 적은 계속 처들어왔다. 여유 없이 아슬아슬하게 닥치는 순간, 소대장은 수류탄을 던져 그 폭풍에 적의 눈이 가려진 짧은 틈을 타, 마을 안으로 뛰어들어 위험한 곳을 벗어났다.

적은 제1대대가 병력을 나누어 놓은 신동리 개울 일대에 곡사포 직사포 할 것 없이, 모든 화기를 모두 끌어내 기운 사납고 세차게 포격을 퍼부은 뒤, 다시 바짝 대들기 시작했다. 대대장 김용배 소령은 뒤로 물러날 때를 놓치면 많이 잃어버릴 것으로 판단하고 포병이 감싸주는 사이 164고지로 되돌아갔다.

제1대대가 신동리에서 물러난 얼마 후에 적은 옥산포로 나왔다. 자주포 5대는 계속 앞으로 나가 소양강 들목 삼거리에 나타났다. 이때 제7연대 대전차포 중대장은 도로면 초가 뒤에

57mm 대전차포 2문으로 쏘고 나머지 3문으로 공격하면서 적을 그곳으로 꾀어들게 했다. 그러던 중 적의 자주포가 줄 서서 막 그 초가집 앞을 지나려는 순간, 30m 거리에서 1번 차 바퀴의 무한궤도를 부수고 2번 차의 옆을 꿰뚫었다.

뒤따라오던 자주포 3문은 아군을 사격하여 자유로운 행동을 하지 못하도록 억누르면서 1번 차 승무원들을 구해 내느라 기를 쓰고 덤벼들었다. 지휘관인 듯한 군관 한 명이 피투성이가 되어 뒤차에 거두어 넣었다. 이날 인민군 제2사단 자주포 대대장 소좌 현파가 부상을 입은 것으로 알려졌다.

적은 옥산포~마전리 일대로 댐이 터져 나가듯 펼쳐 나갔다. 그들의 왼쪽을 침공하는 164고지 우두산 연대를 사격으로 누르면서, 소양강변으로 나아갔다. 그러나 소양교로는 가까이 가지 못하고 가래모기 나루를 건너려고 모래밭으로 내려갔다.

그 전날 낮에 이 일대에 스며들다가 쳐 물러간 부대로부터, 이곳의 아군 방어 태세가 허술하다는 것을 몰래 알아냈다. 그래서 이 가까운 길을 택한 것이 분명하다. 그러나 그들은 가래모기 나루는 넓으며 물도 깊어 건너기 힘들다. 또 아군에게 드러내게 되므로 가까이 가기 어려웠다. 이 작전은 그들에게 이롭지 못하다는 점을 도무지 생각하지 않았던 것이다.

맨 먼저 춘천역 부근에 배치된 제16야전포병대대 2중대가 적이 소련제 장총에 칼을 꽂고 여러 명이 옆줄로 서서 오는 곳에 포탄 세례를 퍼붓기 시작했다. 뒤를 이어 나머지 2개 중대도 포문을 열어 강가 모래밭에 포탄 장막을 쳤다. 여기에 연대 대전차포 중대가 빠른 쏘기로 포격을 더했다. 숨을 곳이라고는 약간 후미진 모래언덕밖에 없는 탁 트이고 넓은 가래모기 일대는 이름 그대로 생지옥이요, 피비린내 나는 죽음의 장소가 되고 말았다.

피와 살과 모래 먼지가 마구 날리는 사이에 소양강의 맑디맑은 물이 붉게 물들었다. 어쩌다가 용케 살아남은 적병이 강을 건너기도 했으나, 둑에서 쏘는 총탄에 맞아 강물 속으로 곤두박질치면서 쓰러져 갔다. 아군포병의 사격은 적을 정통으로 맞혀 속 시원했다. 견디다 못한 적 몇몇 병사들은 금강봉 쪽으로 줄행랑쳤다.

적은 제1공격조가 모두 죽자, 춘천역 부근 아군 포병진지에 사납고 세차게 포를 한곳으로 몰아 쏘았다. 적은 같은 방향으로 몰아넣고, 그 작전이 실패하면 또다시 이를 되풀이하는 어처구니없이 미련한 공격을 세 번이나 되풀이했다.

이 무렵 봉의산 관측소에서 사격을 지휘하던 제16야전포병대대장 김성 소령은 2중대 포진지에 적이 포격을 몰아 쏘는 것을 보았다. 이에 약간의 혼란이 일어난 듯한 기미를 느꼈다. 김성 소령은 늦지 않도록 그곳으로 달려갔더니, 진지 옮길 준비를 서두르고 있었다. 대대장은 쏟아지는 포탄 사이를 누비며, 병사들을 격려하고 사격을 계속했다.

이리하여 대대의 전방 관측장교 한 명이 전쟁 두려움에 걸려 후방으로 보낼 정도로 적의 포격이 사납고 세찼다. 2중대는 적이 포격을 포기할 때까지 포진지를 옮기지 않았다. 적이 후퇴한 뒤의 강가 모래밭은 그들의 시체로 덮여 있었고, 부상자의 비명이 그치지 않았다. 생지옥이 따로 없었다.

박노원 소대장은 중대장의 명을 받고, 스리쿼터에 기관총과 탄약을 싣고, 30여 명의 병사들과 함께 할미여울 방어에 나섰다. 뒷두루(후평동) 뽕나무밭을 지나니 소양강이 바로 눈앞에 있다. 그곳은 준호 친구들이 여름에 물놀이하던 곳이다.

돌밭을 지나 모래사장 끝이 할미여울이다. 강폭 70여m에 수심은 장년 허리에 찰 만큼 얕았다. 강 건너는 백사장과 돌밭이 눈앞에 펼쳐져 있다. 높은 둑 뒤로는 우두 벌판에 한창 보리가 누렇게 익어가고 있었다. 미리 파놓은 호에 중기 기관총 2문과 탄약을 충분히 배당했다.

범바위에서 쏘는 기관총 때문에 소양교로 나갈 수 없는 인민군 2사단과 19사단 주력부대 병력 모두 할미여울로 몰려들었다. 강원도청에 누가 먼저 붉은 기를 게양하느냐 경쟁이 생긴 것이다.

오후 1시경, 첨병 몇 명이 오고 간 뒤에 누런 보리밭 속으로 누런 군복의 인민군들이 개미 떼처럼 몰려들었다. 적군이 할미여울 강을 반쯤 건너오자 이때 박노원 소대장은 신호탄을 쏘았다. 일제히 쏘는 총에 제초기로 풀 베듯 쓰러져 강물에 떠내려갔다. 서너 시간 정신없이 쏘아대는 중기기관총은 총열이 뻘겋게 달아올랐다. 완전무장한 적은 물이 빠지면 일어설 수 없었다. 수천 명을 수장시킨 인민군은 후퇴했다.

적은 드러나고 아군은 숨어서 싸웠다. 아군은 집중사격하고 적은 물속에서 분산되었다. 아군은 집중하여 하나가 되고 적은 분산하여 패했다. 박 소대장 일행은 소양로 방향으로 나가 석사동 사범학교에서 연대본부로 귀대했다.

6월 25일과 26일, 이틀간에 인민군 2사단은 탁 트인 벌판에서 무리한 공격을 억지로 하다가 아군포병의 목표물이 되어 많은 손해를 보았다. 그들이 얼마나 혼이 났는지, 춘천을 차지하자 적은 아군 포병장교 김성 소령이 묵고 있던 하숙집을 찾아가 방에 걸려있던 군복을 갈기갈기 찢어버렸다고 한다.

"이놈 때문에 우리 1개 연대가 모두 죽었다."

몹시 분개하며 마음이 쓰라리다고 했다. 또한 하숙집 주인을 반동분자로 몰아 체포했으나, 다행히 그는 잡혀가는 도중에 도망쳤다고 했다.

사단본부로부터 각 부대는 새로 막아내는 지역으로 물러나라고 명령했다. 제16야전포병대대 1중대장 김장근 대위는 소양강변 피투성이 싸움이 한고비를 넘긴 직후 춘천을 떠났다. 제1대대는 전날 오전부터 이틀간 164고지에서 공격태세로 적과 맞버티어 왔지만 장병들은 조금도 피로한 기색 없이 사기가 하늘을 찌를 듯 높았다.

적이 가래모기 건너기 작전에 실패한 얼마 뒤에, 역골 부근에는 처음으로 적 기마병이 나타났다. 그들은 말에 76mm 곡사포 3대를 끌고 왔다. 신동국민학교 마당에 그 포를 늘어놓고 164고지 일대를 향하여 포격을 시작했다. 용감하고 침착하기로 이름난 제1대대장은 곧 그들을 무찌르려고 공격 준비를 시작했으나, 때마침 연대에서 물러나라는 명령을 알렸다. 대대장은 땅 모양과 작전을 헤아려 164고지에 모인 후, 제2대대가 감싸주어 할미여울 건너 봉의산으로 물러섰다. 연대는 이틀간 쉴새 없이 호된 싸움을 치른 제1대대에 석사동에 모여 장병들에게 피로회복을 시키고 되치기를 준비하도록 했다.

원진나루 일대를 막아내던 제2대대는 전날 가벼운 싸움이 있었을 뿐 적은 쳐들어오지 않았다. 그러나 춘천 들어오는 옆면을 막아내는 매우 중요한 지역인 만큼, 한시라도 주의를 가벼이 할 수 없는 곳이었다.

연대 대전차포 중대는 164고지~우두산에서 보병대대가 물러나기 직전, 소양교를 지나 봉의산 동편인 후평동에 준비된 진지를 차지했다. 적은 봉의산 연대진지에 대하여 포격을 퍼붓기 시작했다. 한편 인민군 제2군단 전술지휘소는 이날 밤 인람리까지 남하했다. 이와 같은 군단 전술지휘소가 최전선 후방 10km 지점까지 내려온 것은 다름 아닌 싸움을 감독하고 사기를 북돋아 주려는 뜻인 듯하다. 그들은 그만큼 춘천점령을 위해 온갖 수단과 방법을 다 끌어내고 있었다.

6
개전 셋째 날- 6월 27일(화)

적은 6월 27일 5시쯤부터 소양강변과 봉의산 일대를 대포로 공격하는 동시에 시가지에도 요란하게 사격을 퍼부어 춘천 시내는 온통 불과 연기로 뒤덮여 불바다가 되고 말았다.

그러나 적군은 제7사단 군인이 더 오기를 기다리는 듯, 옥산포~마전리~우두산 일대에 펼쳐있는 공격부대는 움직이지 않았다. 이날 아침 연대는 석사동에서 부대정비를 끝마친 제1대대를 소양교 ~뒷두루~153고지를 연결해 강을 따라 막아내는 진지를 팠다. 그리고 소양교를 중심으로 강가에 그물처럼 펼쳐 놓은 화기를 나누어 놓았다.

춘천을 막아내는 자연 장애물인 소양강은 강폭이 평균 200~300m이며, 물이 2m 깊이로 건너기 어렵다. 그러나 우두 동쪽 할미여울과 원진나루만이 건너는 도구 없이 강을 건널 수 있었다. 연대장은 지난밤 수구동 도랑을 통하여 1개 중대 규모의 적이 568고지로 몰래 스며들었다는 인근 주민의 정보를 받았다.

적군이 춘천~홍천 간의 싸움하기에 땅 생김새가 군사적으로 아주 중요한 곳인 원창고개를 점령하지 못하도록 그곳으로 연대 수색대를 보냈다.

만약 적이 앞에서 아군의 세력을 펴지 못하도록 하고, 제2대대 방어지대에 주력부대를 넣어 원진나루~대룡산~원창고개에서 옆으로 공격한다면, 연대는 꼼짝없이 포위되어 고빗사위로 때려 맞게 될 것이다. 연대장은 그것을 염려하여 옆으로 돌아 준비한 것이다. 그러나 인민군은 이러한 맞부딪침을 피했다. 강 건너 아군이 가장 강력하게 배치된 우두벌 방어 정면을 뚫고 나가려는 데에만 달라붙어, 아군으로부터 많은 희생을 당했다.

적과 마지막 판가름 싸움이 무르익어가고 있는 가장 중요한 시기에, 연대장은 사단장으로부터 원창고개에서 적을 무찌른 후, 홍천 이남으로 물러나라는 작전명령을 받고 어리둥절했다. 분초를 다투는 형편 아래 주저하고 있을 수 없었다. 이때 연대장은 비록 춘천에서 철수하게 되었으나, 현 방어선에서 적에게 최대한의 손해를 입힌 뒤에 차례로 늦추어가는 작전으로 바꾸려고 했다.

연대본부가 철수 준비를 하고 있을 때, 적은 일제히 포문을 열고 연대 방어진지를 마구 때렸다. 무슨 이유에서인지 대대적인 공격은 실시하지 않았다. 작은 부대 병력으로 할미여울의 물깊이를 살피는 정도로 맞붙은 싸움이 한결같았다. 인민군 7사단의 도착시간이 늦어지기 때문인 것 같았다. 이러한 뜨막한 상태가 지탱되다가, 해질무렵에 역골 부근 5번 도로에서 굉장한 먼지를 일으키며 전차가 남쪽으로 내려오기 시작했다. 홍천으로 가려던 인민군 7사단 병력과 T-34 전차 3대가 드디어 나타난 것이다. 그러나 아군은 그것이 전차인지, 자주포인지를 구분 못 하고 있었다.

이날 밤 연대 신예비대는 적의 밤 공격이 있을 것을 준비하여 조심했으나, 적은 쳐들어오지 않았다. 여기에 강원경찰 500

여명이 손계천 경감 지휘 아래 함께 작전에 참가했다. 근화동 일대 제방에 배치된, 연대 신예비대는 제방에 준비된 호 속에서 졸고 있었다. 예비대장 김근호 대위는 그의 경험과 본능적으로 느낌이 들었다. 이날 밤에 몰래 쳐들어올 것을 미리 짐작하고, 대원들을 강가 모래밭 일정한 자리에 나누어 지켰다. 대원들은 겁도 나고, 불안하여 졸지 않게 되었다. 대장이 미리 짐작한 대로 어둠 속으로 몇 명인지 알 수 없는 적이 드러나지 않게 강을 건너는 것을 보아다. 그때, "발사" 명령이 떨어졌다. 예광탄이 하늘 높이 솟아 보이는 적을 모두 무찌름으로써 전투 경험이 없는 행정요원들에게 전투에 대한 자신감을 심어주었다.

동틀 무렵 잔뜩 흐린 하늘에서 빗방울이 떨어지기 시작했다. 달구비가 내리는 6월 27일 8시 마전리~우두리 일대에 펼쳐있던 적이 드디어 총공격을 개시했다. 소양강을 사이에 두고 펼쳐진 그들의 모양은 마치 당나라 수양제가 살수에 벌어 놓은 것과도 비슷하여 실로 큰 산이 앞을 누르는 것 같았다. 그때에 인민군의 질과 지휘관의 작전지휘 능력은 아군 연대에 미치지 못했다. 이날의 적은 가래목 여울과 소양교에 병력을 한곳에 집결해 앞만 보고 뚫고 나가려고 했다.

곧 뛰어난 대포의 힘과 군대 힘인 병력에만 기댄 싸움법으로 적은 줄 지어 강을 건넜다. 아군이 새로 만들어 놓은 땅굴에서 쏘는 총탄에 비명을 지르며 죽어갔다. 특히 할미여울을 건너던 적을 막던 제1대대 3중대는 물속에 들어선 적에게 60mm 순발신관을 장치한 포탄으로 사격하여 큰 효과를 거두었다.

27일 아침, 또다시 학도호국단 동원령이 내렸다. 준호는 근화동 둑으로 달려갔다. 벌써 봉사대원들이 부상자를 들것에 실어 춘천역으로 나르고 있었다. 적군 자주포 4대가 소양강 북쪽 모래사장에 나타났다. 전열을 가다듬고 봉의산 대대 관측소를 향해 포사격을 했다. 전투 상황은 아군에게 점점 불리해졌다.

근화동을 지키던 김명규 중대장은 강 건너 전방에 있는 적군 자주포에 2.3인치 로켓포 사격을 명령했다.

"지금 싸우지 않으면 나라는 없다."

싸움을 독려했다. 집중사격으로 명중했다. 그러나 두꺼운 철판을 뚫지 못하고 튕겨 나왔다. 오히려 아군의 위치가 드러나 적 자주포가 9중대를 향하여 쏘았다. 적 자주포 한 대의 위력은 1개 중대의 화력보다 훨씬 강했다.

"펑~" 하는 폭음과 함께 여러 명 아군 사상자가 생겼다. 준호가 급히 달려가 보니 중대장이 바른쪽 다리에 파편상을 입었다. 얼굴을 자세히 보니, 전에 준호네 집에서 하숙하던 김명규 중위였다.

"중대장님, 정신 차리세요!"

소리 지르니 겨우 눈을 뜨고 고개를 끄덕였다. 평소 배운 대로 구급배낭에서 모르핀 주사를 꺼내 다리에 놓고, 큰 풍대로 싸맸다. 그리고 들것에 실어 춘천역에서 서울로 떠나는 병원 열차에 실었다.

"하느님 너무하십니다. 우리가 무슨 죄를 그리 많이 지었는지요?"

준호는 하늘을 우러러 원망 섞인 말을 했다. 왜 이런 비극이 일어나는가? 자비하신 하느님이라고 했는데, 지금 눈앞에는 생지옥이 따로 없다. 깜작할 사이에 젊은 군인들의 팔이 잘려 나가고, 다리가 부러지고, 눈알이 빠진 병사도 있다. 시체가 둑 주변에 널브러져 있다. 같은 민족끼리 싸우는 아비규환이 세상천지 어디에 또 있단 말인가?

한꺼번에 천둥소리와 함께 불꽃이 뛰며 수십 개의 파편이 흩어지자, 여기저기서 들려오는 비명소리, 한꺼번에 젊은 병사들이 숨 끊어져 갔다. 총탄은 들어갈 때는 작지만 나올 때는 큰 구멍이 뚫린다. 그러나 대포의 파편은 칼날 같아서 팔다리가 뚝뚝 잘려 나갔다.

"못 본 체하지 말라." 준호는 넋 나간 듯 중얼거리며 부상병들을 찾아다녔다. 비가 내리기 시작했다. 죽은 시체들은 소낙비에 피는 깨끗이 씻겨 나갔다. 시체가 비에 씻긴 뒤에 빠르게 썩어갔다. 검푸르게 변색된 얼굴들은 원망하는 듯한 느낌이 들었다. 죽어가며 마지막으로 어떤 말이 하고 싶었을까?

서로가 누구인지 알 수 없지만 한 하늘 아래 자유를 누리며 함께 살고 있었지. 혼이 있어 그들의 소리를 들을 수 있는 귀가 있다면, 어떤 말들을 주고받았을까?

하느님의 시간은 영원한 현재인가? 이런 전쟁이 전능하신 하느님의 예정된 형벌인가? 교회 목사며 성당 신부도 있다. 에레미아 선지자처럼 예언할 성직자가 한 사람도 없단 말인가? 우리 민족이 무슨 죄를 그리 많이 지었단 말인가? 유비무환有備無患이란 무슨 뜻인가? '미리 준비가 되어 있으면 근심할 일이 없다'고 군부대마다 써 붙여 놓았다. 구호만 요란했지 5년 동안 무엇을 준비했으며 얼마나 훈련을 했단 말인가?

평소에 땀방울을 흘리지 않는 군대는 패할 수밖에 없다. 정부는 장님처럼 앞을 못 본 채 북한을 오판하고 말았다. 그러나 국군 제7연대는 소양강을 경계로 열심히 싸웠다. 무기의 열세임에도 불구하고 소양강 전투에서 목숨을 걸고 사투를 벌인 장병들의 용기와 희생정신에 갈채를 보낸다.

연대 장병들은 조금도 흔들리지 않았다. 총과 대포를 쏠 때 일어나는 불이 어지럽고 혼란스러운 형편 속에서 침착하게 싸웠다. 약 2시간에 걸쳐 수차례 되풀이되는 적의 공격을 물리쳤다. 어느덧 강변은 시체가 산처럼 쌓이고 피가 강같이 흘렀다. 이 전쟁터는 고통으로 울부짖는 소리는 생지옥으로 변했다. 미련한 인민군도 약간 주춤해졌다. 증원부대를 기다리는 듯 마전리 부근 보리밭에 흩어진 채 머물러 있었다.

이 좋은 기회를 놓칠세라 105mm 직사포를 포함한 모든 화기가 그 보리밭 한곳에 사격을 퍼부어, 눈 깜짝할 사이에 쑥대밭을 만들었다. 얼마 후 T-34전차 두 대 뒤에 1개 소대를 함께 데리고 소양교로 바짝 대들었다. 그들은 다리 들목 삼거리에 부서진 자주포 2문을 길 밑으로 밀어낸 후 다리 위에 올라섰다.

소양교 일대는 아군 105mm 곡사포가 가려진 사각지대였다. 따라서 연대는 뒷두루에 대전차포 중대를 두었다. 연대 내의 3개 중화기 중대와 배속된 사단 공병 1중대의 중기기관총 2정을 범바위 위에서 몰아 쏘았다. 그러나 T-34전차에 맞버틸 무기가 없는 아군에게 그 전차는 참으로 위험한 대단한 힘을 드러냈다. 그들은 국군에게 소양교를 터뜨려 끊으려는 준비가 없음을 확인했다. 전차를 앞세우고 마치 우박 쏟아지듯, 다리 위로 쏘는 포탄에도 아랑곳하지 않고, 인민군 시체 더미로 메워진 다리를 건너려 했다. 적은 그날 오전 9시경 춘천 근처 신동까지 내려왔다. 계속 옥산포~소양교로 쳐들어왔다. 소양교는 춘천시를 남북으로 이어주는 하나밖에 없는 다리였다. 따라서 인민군은 춘천을 빼앗으려면 꼭 소양교를 건너야만 했다.

이에 맞서 국군 6사단 7연대와 16포병대대 장병들은 소양강을 사이에 두고 열심히 싸워 적을 쫓아냈다. 이틀 동안 싸움에서 진 적은 6월 27일 아침, 춘천시내에 마구 포탄을 쏜 뒤에 전차를 앞세우고 소총부대가 뒤를 따라 소양교를 건너오기 시작했다. 소양교에 폭약 장치를 해 놓았으나 그 전선 줄이 포탄에 끊겨 쓸모없는 물건이 되고 말았다.

그러나 국군은 봉의산 범바위에서 쏘는 기관총 사격에 적 보병은 찬바람에 낙엽 지듯 떨어졌다. 소양교 위에 적의 시체가 여기저기 무더기로 쌓였다. 몇 번의 싸움에 진 적은 마지막으로 11시경 소련제 전차를 앞세우고 다시 쳐들어왔다. 적 전차는 소양교 위에 널브러져 있는 인민군 시체를 마구 짓밟으며 소양교를 건너왔다. 소양교를 건너 남쪽 근화동으로 온 적 전차는 국군 지휘부와 범바위 기관총 진지를 향해 전차포를 마구 쏘았다.

장마 속에 딱~콩 딱~콩 콩 볶는 소리에 귀가 따갑다. 붉은 깃발 앞세우고 개미 떼로 달려드는 인민군이 강 건너로 보인다. 범바위에서 쏘는 기관총탄은 바람에 눈 날리듯 날아간다.

맏아들 지상낙원 찾아 월북한 다리 위에서 적군 시체는 찬 서리에 낙엽 지듯 쌓여만 간다. 붉은 피가 도랑물로 강으로 뚝뚝 떨어진다. 소양교는 무거운 시체를 이고 서 있다. 그 다리도 탄알을 맞고 피 흘린다. 어미는 무거운 쇳덩이를 안고 서 있다. 동생은 국군 형은 인민군과 피 터지게 싸우고 있다. 누구의 편을 들어야 할까? 어미는 심장에 총탄을 맞고 쓰러졌다.

인민군이 몰고 온 전차는 소련제로 마하일 이루잇치가 설계했다. 소련은 '로자나(조국)'란 애칭을 붙여줄 정도로 귀하게 여겼다. 제2차 세계대전 당시 독일군이 물밀듯이 모스크바를 향해 침공해 왔다. 그때 앞을 가로막은 건 T34 탱크였다. 85mm 전차포와 기관총 2문이 장착되어 있는 무기다. 이때 독일 기갑부대의 선봉은 50mm 포로 T34의 적수가 안 되었다. T34의 엔진은 수냉식디젤로 발화점이 높고, 가솔린엔진보다 장거리를 달리며 혹사도 잘 견딘다. 장갑 두께는 45mm로 경사가 심해 아군 로켓탄이 관통을 못 한다. 적 탱크는 시속 52km, 항속거리 350km가 된다. 6·25전쟁 때 인민군은 소련제 T34 탱크 240여 대를 앞세우고 남침했다.

아군 7연대는 버틸 수 있는 마지막 순간까지 있는 힘을 다해 버티어 보았다. 마침내 그들은 소양교를 건너, 봉의산 기슭 한 귀퉁이를 차지했다. 이는 1950년 6월 28일 12시를 조금 지나서의 일이며, 수도 서울도 이날 빼앗겼다. 이보다 약 30분 앞서 제2대대 앞에 적 장갑차 3대가 나타나서, 개인호에 하나하나 포탄이 날아와 부수기 시작했다. 그러나 대대에서는 이에 맞버틸 무기기 없었다. 이리하여 병사들이 호 속에서 연이어 쓰러지자, 어느 틈엔가 그들 사이에 무서움증이 퍼져 병사들이 하나 둘씩 진지를 벗어나면서부터, 방어진지는 '우르릉' 소리를 내며 무너지기 시작했다.

이때를 놓칠세라 우두벌 보리밭에 숨어있던 적이 한꺼번에 큰소리 지르며 강가로 몰려왔다. 적 군관은 뒤에서 권총을 뽑아 들고 싸움을 독려했다. 가래목 여울로 건너온 적군은 근화동 일부를 차지했다. 136고지 관측소에서 이를 지켜본 대대장은 이들을 향하여 81mm 박격포로 사격하라고 명했다. 이리하여 대대는 가지고 있던 박격포탄 모두 퍼부어 적을 물리친 후 석사리로 물러났다.

봉의산 관측소에서 형편을 지켜보던 연대장은 철수 명령을 내렸다. 그러나 연대는 쉽사리 춘천을 내어주지 않았다. 제1대대는 봉의산에서 2시간 동안 버티며 적이 춘천 시가지로 들어오는 것을 막다가, 14시 연대장이 관측소를 떠난 직후에야 석사리로 물러났다.

후평동의 대전차포 중대는 적 전차가 소양교를 건너자, 곧 시내 조양동 고개로 옮겨 시내에 들어오는 전차를 사격하며 이를 막는 데 몹시 애썼다. 그러나 57mm 대전차포는 T-34 전차의 맞잡이가 될 수 없었다. 한편 근화동 일대의 연대 신예비대는 철수명령을 늦게 받았다. 적이 시내에 들어 온 뒤에 철수해 남춘천을 지나 원창고개에 와서 신예비대는 헤쳐 본대로 일을 보게 됐다.

7연대는 석사리 사범학교에서 철수 군인을 거두어들였다. 15시를 조금 지나서 봉의산을 손아귀에 넣은 적은 아군의 움직임을 살필 수 있게 되었다. 시내에도 포탄이 떨어지므로 학곡리를 거처 원창고개로 물러났다. 이곳에서 연대는 제2대대를 고개 8부 능선에 배치하고, 나누어 철수 중인 제1대대 병력을 고개 꼭대기에 숙영토록 했다. 연대본부는 원창고개로 철수했다.

7
원창고개의 혈투

국군 제2대대 수색중대는 급히 대룡산 정상을 향해 달려갔다. 수색 1소대 박노원 소대장도 동면 감정리 느랏재에서 구봉산 기슭으로 올라 뛰다시피 명봉 정상에 올랐다. 대룡산 8부 능선 갈둔고개에서 정상을 향해 올라가려는 적을 만났다. 대룡산 정상을 먼저 차지하려고 전투가 벌어졌다.

이 고지는 대룡산에서 작전상 가장 중요한 요충지로서 어떠한 희생을 치르더라도 확보해야만 했다. 박 소대장은 두려움이 앞섰다. 그때 어머니가 어릴 때 읽어 주시던 성경 말씀이 생각났다.

'내가 음침한 골짜기로 다닐지라도 해를 두려워하지 않는 것은 주께서 나와 함께 하심이라.'

그 말씀을 믿고 기관단총을 쏘면서 적군 앞으로 돌진해 갔다.

"돌격 앞으로, 돌격!"

적은 의외로 강력한 기습을 받게 되자 우왕좌왕 허둥대다가 후다닥 도망치기 시작했다. 그는 도망가는 적을 향해 계속 사격을 가하며 돌진했다. 그런데 등 뒤에서 박 소위를 부르는 소리가 들렸다.

"소대장님, 소대장님…."

뒤돌아보니 연락병이 총을 맞고 애타게 부르고 있다.

박 소위는 그에게로 달려갔다.

"소대장님, 물 물 물 좀…."

왼쪽 어깨로 따발총탄이 뚫고 나갔다. 순식간에 머릿속을 휘젓는 불덩이가 쑤시고 나갔으리라. 그 구멍에서 뜨거운 피가 샘솟듯 흘러나왔다. 우선 지혈을 시켰다. 계속 물 달라고 애원하는 눈길과 고갯짓을 했다. 어깨 부상이므로 목마른 사람에게는 다른 아무것도 필요치 않다. 그에게 아무리 많은 금덩이가 있다고 한들, 또한 아무리 많은 돈이 있다고 한들 그게 다 무슨 소용이 있겠는가? 그에겐 오직 갈증을 채워줄 물 한 모금이 필요했다. 박 소대장의 수통에 든 물을 마신 후 그는 눈을 떴다. 춘천사범학교 3학년으로 학도호국단 대대장을 한 학생이었다. 그 학생을 특별히 아끼는 사이였다. 급히 응급처치해서 야전 병원으로 옮겼다.

어둠이 오자 적들은 최후의 발악을 하듯 처들어와 피아를 구별할 수 없는 아수라장이 되었다. 캄캄한 그믐밤이라 어두운 가운데 서로를 구별하지 못했다. 적을 구별하는 방법으로 소총을 만져보거나 머리를 만져보았다. 머리가 길면 적에게 사살당했다. 아군이 사용하던 식별은 등허리를 만져보아 상의 뒤에 위장망이 딜려 있으면 적이다. 육박전에서 적을 섬멸한 박 소대가 속한 수색 중대는 고지를 완전 탈환했다.

육박전을 치른 후 아침 햇살이 눈부셨다. 눈을 들어보니 고지 정상은 생지옥 그대로였다. 피아간 시체로 뒤엉킨 참상은 글로 표현할 수 없을 정도였다.

뻐꾸기의 울음소리는 산 넘어간다. 강한 햇살을 받아 시체는 썩어들어가고 있다. 한낮이 되자 악취로 숨 쉴 수 없었다. 시체를 매장할 시간이 없다. 한낮이 되자 검푸르게 변색된 얼굴은 부어오르고 시커멓게 썩어갔다. 시체가 썩는 것이 아니라 햇볕에 녹아내리고 있었다. 끈적끈적한 기름처럼 녹아내리며 노출된 뼈는 불그죽죽했다.

박 소대장은 손으로 자기 뺨을 때려 보았다. '아직 살아 있구나!' 그러니까 죽은 사람과 산 사람 사이는 백지장 한 장 차이인가? 찰나에 생과 사의 갈림길에 서 있었다. 썩어가는 수많은 시체들은 아무 원한도 없이 서로 죽이고 또 죽였다. 왜 서로 죽였을까? 생각할수록 아리송했다. 시간이 흐를수록 시체들은 점점 시커멓게 썩어들어간다. 그 시체 위로 시퍼런 쉬파리들이 검고 가느다란 발을 비비며 썩은 피를 빨고 있다.

옷에 묻은 피를 뺄 수 없다. 흙과 솔잎으로 문질러 보았다. 빨래는커녕 식수 때문에 당하는 고통은 말이 아니었다. 식사 보급이 제대로 되지 않으니까 배고픔을 건빵으로 때우려니 갈증은 더욱 심했다. 유월 뜨거운 햇볕에 물이 없으니 소나무 껍질을 벗겨 씹어 보았으나 갈증은 여전했다.

더구나 병사들의 몸은 땀으로 수분이 빠진 상태였다. 입에는 백태가 끼고 팔은 염분이 허옇게 붙었다. 시원한 냉수 한 사발 벌컥벌컥 들이켰으면 이것이 제일 큰 소원이었다.

어둠이 깔리자 하늘에는 전사한 병사들이 별이 되어 총총히 반짝이는 것 같았다. 개똥벌레들도 불을 밝히며 혼을 위로하는 듯 이리저리 날고 있다. 풀벌레들도 모두 조가를 부르듯 슬피 울고 있다. '나를 왜 죽였어?' 하며 젊은 영혼들이 박 소대장에게 달려들며 억울하다고 원망하는 소리가 크게 들려 귀가 멍

멍하다.

  수색중대에 속한 박 소대는 밤에 있을지 모르는 적의 공격에 대비하기 위해 참호를 손질하고, 시체는 구릉에 쌓아 두었다. 밤늦게 온 주먹밥을 그 더러운 손으로 먹고, 물을 마시니 기운이 들었다.

  야간에는 개인 호 속에 병사와 병사를 줄로 연결시켜 서로 당겨보고 옆에 모두 있음을 확인시켜 안도감을 갖게 했다. 부대가 무너지고 후퇴하게 되는 요인 중 하나는 나 혼자만이 지키고 있다는 고독감과 공포심 때문일 것이다. 신병들은 공포에 떨고 있다가 옆에 전우가 없다든가 바스락 소리라도 나면 놀라 뛰게 된다.

  한 사람이 후다닥 뛰면 도미노 현상이 일어나 모두 도망가게 된다. 그러므로 병사들에게 안도감을 주는 것이 제일 중요하다. 그래서 서로 줄로 연결하는 방법을 이용했다.

  연대장은 제2대대에 원창고개를 별명이 있을 때까지 지켜 적을 저지 격파하라고 명령했다. 원창고개는 표고 600m이며, 산 북쪽 기슭은 급경사이고 나무가 없다. 이 고개의 정상까지 많은 굴곡을 이루고 있다. 지키는 부대는 관측과 사계가 양호하여 중요한 지역이다.

  대대장은 언제까지 이 고개를 사수해야 할지 예측할 수 없기 때문에, 적으로부터 완전히 포위될 위험과 극한상황을 고려해 피로에 지친 병사들을 위로하면서 전면 방어태세를 갖추었다.

  이즈음 5번 도로로 직행하고 있던 적의 주력은 사암리에 이르러 각종 화기를 원창고개로 집중하면서 적 수색중대로 대대에 접근하여 사격을 가하기도 하였다. 적은 포병과 전차를 석사리까지 나와, 밤을 새워 원창고개를 난타함으로써 그 일대는 모래와 자갈로 뒤덮였다. 이로 말미암아 대대의 호 구축은 지지부진하여 겨우 직격탄을 피할 수 있을 정도의 은폐호를 팠을 뿐이었다.

6월 29일 제2대대는 주력 철수의 엄호를 마치자 적과의 일전을 다짐하면서, 전력을 굳히고 때가 오기를 기다렸다. 적들의 포격이 점점 열도를 가하기 시작하더니, 2개 연대 규모가 시야를 메우고 올라왔다. 이들을 목격한 대대장은 "적이 앞에 200m로 접근할 때까지 사격하지 말라."

명령하여 침묵을 지키고 있었다. 그들은 붉은 기를 앞세우고 물결치듯 밀려들어 드디어 최후 저지 사격권 내에 들었다. 대대장의 "사격 개시" 명령이 떨어지자마자 일제히 전 포구는 불을 토하고 기관총으로 집중 강타하니, 적들의 비명은 하늘을 찔렀다. 악랄하게 덤비는 인민군과 교전 끝에 4파가 쓰러지면 5파가 다시 비집고 나오는 연속적인 파상공격으로 돌파를 시도했다. 그러나 끝내 시체만 늘어날 뿐 침공 기세가 한풀 꺾였다.

11시경 1개 대대 규모가 공격하기 시작했다. 다시 전투태세를 갖추고 근접하기를 기다렸다. 바로 이때 대대장은 제5중대장 김상홍 대위로부터 "적이 백기를 들고 올라옵니다." 보고를 받고 앞으로 나와 보니 큰 백기를 흔들면서 올라오고 있었다.

적들은 서서히 웃음을 띠며, 20m 앞까지 오더니 갑작스레 백기를 내던지자마자 어깨에 숨겼던 따발총을 꺼내 난사함으로써 일순간 백병전이 벌어졌다. 서로 얽힌 혼전으로 양측 모두 사격은 제쳐놓고 총검과 주먹의 대결장이 되었다. 대대장도 적병과 맞붙어 뒹굴다가 연락병이 날쌔게 적을 사살하고 위기일발에 구출했다.

그 후 6사단은 진천, 화령장, 신령, 영천전투를 승리로 장식하고, 10월 2일 13시에 춘천을 수복함으로써 3개월간 공산치하에서 신음하고 있던 시민들의 열렬한 환영을 받았다. 그리고 도청 게양대에는 태극기가 다시 휘날리게 되었다.

제7연대는 정정당당하게 싸우는 강한 군대였다. 동서고금을 막론하고 적의 압력으로 철수하게 되는 부대는 흔히 지휘계통이 깨지기 쉽고, 사기 저하로 말미암은 손실이 뒤따르게 마련인 전사 상의 통례이다. 따라서 철수 때에 질서를 유지할 수 있는 군대를 우리는 정병 강군이라고 일컫는다. 춘천에서 철수할 때 연대가 물러난 것은 야간이 아닌 주간에, 물러서는 북새판에도 적을 억누르면서 계획된 새로운 방위지역으로 철수함으로써, 한국 전쟁사에 길이 빛날 본보기를 남겼다.

춘천 전선은 전국에 많은 영향을 주었다. 인민군이 춘천을 계획대로 빨리 점령하는 데에 실패했다. 그 결과로 적들에게 대단히 불리한 새로운 판세를 스스로 가져왔다. 그 기간 동안에 미국 등 우방의 참전과 UN 안보리 결의로 UN군이 싸움에 참여하게 되었다. 대한민국을 위기에서 구출하게 된 춘천대첩의 기틀을 마련한 기회이다.

인민군 제2군단장 김광협 소장은 소련 육군 중장 테렌티 스티코프의 특수임무 팀과 사전에 작전계획을 짰다. 인민군 2사단으로 하여금 실전토록 한 6·25 전쟁 작전계획은 군사용어로

'광정면 대우회 포위기동廣正面 大遇廻 包圍機動'이다. 인민군의 기본 작전은 1군단이 서울을 공격하고, 2군단은 하루 만에 춘천을 점령하면 이천~수원으로 돌아 육군본부를 포위 멸망시키려는 계획이었다. 그러나 뜻하지 않게 3일간 고전할 때, 적 1군단은 서울을 점령하고도 기다리고 있었다. 그러나 춘천전투는 그리 호락호락하지 않았다. 계획된 대로 풀리지 않자 김광협은 인민군 2사단장을 바꾸었다. 인민군 19사단은 인제~홍천에 이르는 도로를 따라 공격하여 국군 제6사단 퇴로를 차단한 후 원주를 경유해 남진하려고 했다. 인민군 2사단은 짧은 시간 내 수원 방면으로 돌진시켜, 서울에서 후퇴하는 육군본부 주력을 격파하려고 했다. 그러나 여의치 않았다. 춘천 소양강전투 3일간의 지연방어전이, 6월 27일에 서울을 빼앗겼음에도 불구하고 인민군이 3일간 허송세월하고 있을 때 국군 주력부대가 한강 이남으로 철수할 수 있는 큰 역할을 해 냈다.

우리 국군 7연대는 열심히 싸워 버티었으나 춘천은 3일 만에 뺏겼다. 힘이 모자라 뒤로 물러설 수밖에 없었다. 그러나 이 3일간의 전투로 육군본부가 무사히 남쪽으로 후퇴하게 되었다. 춘천을 그날로 빼앗으려던 계획이 실패로 돌아갔다. 이에 분노한 김일성은 김광협을 군단장에서 해임하고 팔로군 출신 김무정으로 교체했다.

홍천 말고개까지 진출한 12사단에서 2개 연대를 2사단에 지원케 했다. 우두벌판에 춘천점령 목표로 집결한 인민군은 무려 5개 연대였다. 우리 국군은 2개 연대로 3배의 적을 맞이하여 황금 같은 공간 3일을 방어해 싸운 대첩을 이룩한 것이다. 여기서 인민군 2군단은 춘천점령이 계획한 것보다도 늦어진 탓으로, 서울 포위 작전에 참가하는 것을 포기하고 원주로 향했다.

평소에 국가와 군 지도부가 신뢰받아야만 국민들의 충성심을 이끌어내고 함께 국난을 극복할 수 있다는 교훈을 남겼다. "도道란 백성들로 하여금 국가의 뜻을 같이하여 함께 죽고 함께 살아서 백성이 위험을 두려워하지 않게 되는 것"이라고 손자는 말했다.

소양강 전투에서 3일간 막아낸 소양교는 70년이 지난 지금도 다리에 많은 탄흔의 상처를 간직하며 여전히 거기에 서 있다. 그날의 뜻을 세우며 기리기 위해, 젊은 영혼을 위로하는 춘천대첩 기념을 춘천시민만이 아닌 전국 나라 행사로 소양교에서 실시하면 어떻겠는가? 준호는 생각했다.

8

붉은 세상으로 바뀌다

하늘이 쪼개지듯 요란했던 총소리가 뚝 끊겼다. 이런 때엔 고요함이 더 불안했다. 미처 피란 가지 못한 어머니와 누나와 동생 은호, 텁석부리 수염을 자랑하는 방구장이 뽕~뽕이 황 영감, 음식솜씨 좋은 승배 어머니와 함께 준호는 방공호 속에 숨어있었다. 총알이 솜은 뚫지 못할 것이라고 오뉴월 더위에도 각자 솜이불을 쓰고 있었다. 세상이 변한다면 앞으로 어떻게 살아갈지 불안했다. 보리밥 먹고 할아버지는 "뽕~뽕" 줄방귀를 뀌었다.

뽕~뽕이 황 영감은 헛기침을 하고 곰방대를 물고 밖으로 나갔다. 어둠이 잠길 때 우리는 막장에 갇힌 광부처럼, 앞으로 어떻게 세상이 변할지 아무도 모른다. 캄캄한 방공호 바닥에 웅크리고 앉아 밤을 새웠다.

해뜰 참에 가랑비는 그쳤다. 동살이 비치면서 3일 만에 보는 해다. 배가 고파 보리밥을 먹으려니 끈적끈적하고 쉰내가 물씬 풍겼다. 밥도 지을 수 없는 긴박한 형편이었다. 다섯 살 난 동생 은호가 방공호 밖으로 나가 소변을 보고 있었다. 그때 봉의산을 넘어온 인민군분대가 저벅저벅 걸어서 쫓아왔다.

"쌍간나 새끼들, 굴속에서 빨리 나오라우. 국방군 새끼 없지비?"

얼굴은 새까맣고 눈이 충혈된 인민군 분대장이 말했다. 명지

바람이 뺨을 스쳤다. 인민군을 처음 보는 준호는 몹시 두렵고 치를 떨었다. 준호 또래로 짐작되는 2×8세 소년병이 그의 가슴에 장총을 들이댔다. 땀과 먼지로 때 묻은 누런 군복에 위장망이 덮여 있었다. 역겨운 개 비린내가 물씬 풍겼다. 며칠을 씻지 않았는지 더러운 병사였다. 냄새는 본심 그대로의 모양이다. 결코 냄새로부터 자유로울 수 없다. 소년병에게서 나는 냄새는 사람을 많이 죽인 피의 냄새요 죽음의 냄새며 증오의 냄새였다. 준호의 머리에 철모를 쓴 자국이 있나 보고 손을 만져보았다. 손을 보면 그 사람의 직업을 짐작할 수 있기 때문이다.

준호는 자기 또래의 소년병이 불쌍해 보였다. 겁에 질려 말도 못 하고 고개만 절레절레 흔들 줄 알았는데 싱긋 웃어 주었다. 의외의 반응에 장총을 내려놓으며 그도 안심이 된 듯 미소를 지었다. 어깨에서 허리 쪽 대각선으로 내려뜨린 장총 탄띠와 순대같이 생긴 비상식량 자루를 X자로 멘 소년병은 피곤해 보였다. 그 소년병이 든 소련제 아카포 장총은 더덕을 캐기에 좋을 듯한 긴 창이 꽂혀 있었다. 그 '따-꿍' 총을 어깨에 메고 있다. 그 병사의 작은 키보다 길어 땅에 끌릴 것처럼 힘겨워 보였다.

인민군 병사가 화염방사기를 굴속에 대고 쏘았다. 굴 입구에 승배 어머니가 호빵을 만들려고 준비한 재료가 있었다. 막 부풀어 올라온 밀가루 반죽이 뜨거운 열에 익었다. 방사기는 이미 많이 사용해 불은 약했다. "퍼~0, 퍼~0" 폭죽처럼 터지는 소리를 내며, 높이 솟아오르더니 하늘로부터 내려온 만나처럼 뻥튀기로 익어 땅바닥에 '후두둑 후두둑' 떨어졌다. 서너 끼를 굶주린 피란민들은 정신없이 주워 먹었다. 배고픈 인민군들도 안심이 된 듯 뻥튀기를 맛있게 먹었다. 먹는 데는 말이 없었다. 같은 음식을 함께 먹는다는 동질감은 서로가 믿고 정이 통한다는 뜻이리라.

따발총을 든 분대장 얼굴은 검게 타고 눈알은 새빨갛다. 그는 부드럽게 말했다.

"여러분! 미 제국주의로부터 해방되었으니 안심하시라요."

준호어머니는 하얗게 얼굴색이 변했다. 입속말로 '어쩜 좋으냐? 어쩜 좋으냐?' 탄식하면서 몸이 휘청거렸다. 아들을 해병대에 보낸 승배어머니는 어리벙벙 눈에 정기 없이 희미하게 풀려 보였다. 경찰 아들을 둔 뽕뽕이 황 할아버지는 어리둥절 얼굴이 파랗게 사색되어 수염이 부들부들 떨렸다. 늦은 봄에 함박눈 내리듯이, 갑자기 변한 세상에 모두 심한 낯가림을 하고 있었다.

그 인민군 분대장이 준호네 집을 가보자고 했다. 마당에 들어서니 화단에 며칠 전 모종을 한 백일홍이 자라고 있다. '백일홍이 피고 지는 백일 안에 춘천은 회복되려나…?' 이름이 왜 백일홍일까? 바람 타고 자유가 달려와 100일 안에 해방되기를 기원했다.

안방 문은 열려 있었다. 벽에는 백두산 천지와 태극기가 휘날리는 포스터가 보였다. 따발총으로 욱대기며 그 포스터를 찢어버리라고 했다. 어느새 동생이 대청마루에서 장난감을 가지고 놀고 있었다. 인형 장난감 몇 개는 미국으로 유학 간 준호삼촌이 보내준 어린이날 선물이었다.

그 디즈니 인형들이 손을 흔들며 저벅저벅 걸어 나왔다. 깜짝 놀란 인민군은 마당에 따발총을 내려놓은 채 궁둥방아를 찧었다. 신기한 듯 보다가 작은 인형 하나 가슴에 품고 바쁘게 나가버렸다.

하루아침에 세상이 바뀌었다. 준호는 나라 잃은 슬픔에 두 다리 뻗고 한참을 소리죽여 울었다. 도청을 쳐다보니 붉은 기가 휘날리고 있다. 날씨가 추워진 후에야 소나무는 굳건하다는 것을 알 듯이, 나라를 잃고서야 태극기가 중요하다는 사실을 새삼 깨달았다.

역사적으로 볼 때 고려 때는 거란·몽골과 싸웠으며, 임진왜란 때는 왜놈들과, 병자호란 때는 되놈들과 싸웠다. 그러나 이 전쟁은 같은 민족끼리 형제끼리 싸우는 전쟁이다. 이데올로기로 싸우는 황당한 싸움이었다. 뚜렷한 이유도 모르면서 서로 죽이고 죽였다. 신을 믿는 사람과 신을 믿지 않는 사람과의 전쟁이다. 무신론자와의 싸움이다. 내 생각과 네 생각이 다르다고 죽이고 죽이는 전쟁이다. 아들이 아비를 고발하고 형이 아우를 죽이는 전쟁이다. 정직하지 못한 백성들이여! 하나님의 뜻을 거역하고 범죄했기 때문에 한국 백성 모두 매 맞는 전쟁이었다.

치안의 공백 상태, 인민군이 지나간 뒤 하루 동안은 무법천지였다. 아군 6사단 정보처가 쓰고 있던 봉의산 밑 2층 건물로 피란민들은 우르르 몰려들었다. 그곳 창고 문을 열었다. 쌀과 소고기를 제각각 힘닿는 대로 지고 나갔다. 그뿐이랴. 빈 상점에 들어가 필요한 물건을 훔쳐갔다. 이렇게 군중들은 떼도둑으로 변했다. 법 없는 세상, 무의식 속에 감추어 두었던 이글거리는 욕망이 분수처럼 뿜어 나오고 있었다. 남보다 더 많이 가지고 싶어 하는 욕망, 전쟁 통에 언제 죽을지 모르는 순간에도 잘살아 보려는 욕망, 남의 물건을 훔쳐가는 모습에서 준호는 자신의 모습도 더 나을 것이 없다는 허무한 생각이 들었다.

나라 이름도 '대한민국'에서 '조선민주주의 인민공화국'으로 바뀌었다. 조선이나 조선 사람이라는 말은 많이 들어보았다. 그러나 뒤바뀐 세상에서 나라 이름은 낯설기만 했다.

준호네 집 울타리 밑에 다붓이 피기 시작한 백일홍의 붉은 빛처럼 붉은 깃발 아래 백일 간의 공산 치하에서는 숨도 크게 쉴 수 없었다. 지방 빨갱이들은 미친 듯이 천방지축 날뛰었다. 준호네 집에 하숙하고 있던 최 서방도 갈개발 되어 붉은 완장을 찼다. 그 완장은 무소부지의 권세를 휘두르는 철퇴였다. 그리고 '도리우찌'라는 납작한 모자를 썼다. 뻘겋게 눈을 뜨고 군인·경찰 가족을 잡아냈다. 자본주의는 도망가고, 붉은 완장이 판치는 세상이 되었다.

마흔 살이 넘은 노총각 최 서방은 명화에게 음식점 차려주고 장가들었다. 완장을 차고 거들먹거리는 최 서방에게 명화는 충고했다.

"도 위원장이나 시 위원장이 완장 차고 다니는 것 보았소? 진짜배기 완장은 눈에 안 보이지. 공산당 밑에서 심부름하는 하질이 바로 완장이지요. 이럴 때일수록 정신 차리고 어려운 사람 도우세요. 세상은 돌고 도니까요. 권세는 백일홍이지요."

명화는 자기 경험에서 나오는 바른말을 했다.

자본주의 사회에서는 출세가 완장이고, 돈이 완장이다. 빽이 완장이고 학력이 완장이었다. 그러나 세상이 바뀌니 공산주의가 완장이다. 무식해도 좋고 가난해도 좋다. 머슴도 좋고 식모도 좋다. 사상만 철저하면 빨간 완장을 차고 큰소리치는 세상이 되었구나! 빨간 완장은 매일 지칠 줄 모르는 흥분의 도가니 속에서 쌀 속에 뉘를 골라내듯이 지주나 부자들, 군인·경찰 가족들을 골라냈다. 반동분자라는 이름으로 숙청했다. 하루는 장학리 악질 지주를 잡아 왔다. 여러 사람이 모인 중앙로 광장에서 인민재판이 시작되었다. 한 내무서원이 말했다.

"인민들의 피를 빨아먹은 거머리 같은 인간입니다. 어떻게 처벌할까요?"

"죽여요, 때려죽여요."

붉은 완장이 제창했다. 그 자리에서 몽둥이로, 돌로 쳐 죽이는 만행을 저질렀다.

준호네 뒷집에 최 영감이 살았다. 그가 태극기 감추어 둔 것을 국민학교 일 학년 다니는 손자가 고발하여 악질 반동분자로 몰려 유치장 신세가 되었다. 며칠 후 그 영감 시체 위에 피 묻은 태극기가 놓여있었다.

뽕뽕이 황 영감은 소양강에서 빠져 죽은 인민군 시신 건지는 일에 강제 동원되었다. 며칠 전 박 소대장 소대가 할미여울에서 쏘아 죽인 인민군 시신은 할미여울에서 50m가량 떠내려갔다. 그곳은 '구궁리 궁채'로 물이 빙글빙글 도는 깊은 곳이었다. 그 물속에 시체들이 쌓여있었다.

황 영감은 나룻배를 타고 물속 시신을 건져내는 작업을 했다. 물살이 세기에 낚싯바늘을 매달고 거기에 걸린 시체를 한 구씩 건져내는 일이다. 그 일을 삼사일 계속되었는데 약 2천구의 인민군 시신을 건져냈다. 그 시신들을 인근 백사장에 매장했다.

준호는 모수물 고개 너머로 인민군에게 끌려 가는 소양천주교 신부를 보았다.

"저 양키 놈 죽여라!"

지방 빨갱이가 소리쳤다.

"생명은 하느님이 주신 것이니 함부로 말하지 마시오."

안드레 주임신부는 이렇게 말했다.

신부는 잣고개 숲속 죽음의 골짜기로 끌려 가 기도했다. 그리고 순교했다.

"주님, 비록 우리의 죄악이 우리를 고발하더라도, 주님의 이름을 생각해서서 선처해 주시지오. 우리는 수없이 반역하여 주님께 죄를 지었습니다. 주님은 한국의 희망이십니다. 한국이 환란 당할 때 구하여 주시는 분이십니다. 그런데 어찌하여 이 땅에서 나그네처럼 행동하시고, 하룻밤을 묵으려 들른 행인처럼 행동하십니까? 어찌하여, 놀라서 어쩔 줄 모르는 사람처럼 되시고, 구해줄 힘을 잃은 용사처럼 되셨습니까? 주님, 그래도 주님은 우리들 한가운데 계시고, 우리는 주님의 이름으로 불리는 백성이 아닙니까? 우리를 그냥 버려두지 마십시오. 주님 저는 이제 하느님 곁으로 갑니다. 저들의 죄를 용서해 주시옵소서. 아멘."

준호는 슬펐다. 왜 성직자들이 고난을 받아야만 하는 것일까? 기도하는 시간보다 딴 일에 한눈팔지 않았는지. 목사들도 잡혀갔다. 신도들의 고통보다 재물을 우선시하지 않았는지. 환우를 돌보는데 게을리하지 않았는지. 오직 예수를 닮은 생활을 했는지? 신도들은 국가를 위해 낙타 무릎 되도록 열심히 기도했는가?

공산당들은 '일하기 싫으면 먹지도 말라'는 성경 구절을 구호로 인용했다. 그래서 신부, 목사, 스님을 싫어했다. 신앙심으로는 사회주의 이론을 받아들이기 어렵기 때문이다. 그들은 하느님 자리에 위대한 김일성 장군을 앉혀 신격화했다. 종교는 아편이다. 그래서 성직자들은 노동하지 않고 입으로 먹고 살기 때문에 밥버러지로 치부하고 숙청시켜야만 한다고 주장한다.

잣고개는 뒷두루 가는 길 봉의산 동남쪽에 있는 가파른 고개다. 잣나무가 우거진 깊은 골짜기다. 인민군은 부자, 지주, 사상범들을 하루에 몇 명씩 이곳으로 끌고 가 총살했다. 무고한 사람 죽이는 것은 천인공노할 일이다. 지주나 부자들, 경찰 가족과 군인 가족은 그 죗값으로 참혹하게 얻어맞고 죽을 지경에 이르렀다. 주민들도 먹을거리가 없어 고통받는 사람들뿐이었다. 피란 가지 못한 백성들은 숨어서 하염없이 눈물을 흘렸다. 남한에 산 죗값이다.

낮에는 동네별로 공회당에 모아놓고 사상교육을 시켰다.

"인민 여러분! 이제 새 세상이 왔시오. 지주나 부자들은 없어지고 노동자 농민들의 세상이 왔시오. 땅도 똑같이 나누어 갔고요, 재산도 똑같이 나누어 갔지요. 얼마나 공평한 세상이 되었습네까? 안 그러쑵니까 여러분!"

"올소, 올~소!"

모인 동네사람들은 부서져라 박수를 쳐댔다. 여성동무가 나와서 〈오직 한마음〉이란 노래를 가르쳤다.

> 오늘의 이 행복을 그 누가 주었나 / 노동당이 주었네 공산당이 주었네
> 김일성 대원수가 이끄시는 길 따라 / 목숨도 바쳐가리 오직 한마음

광신도처럼 미쳐 날뛰었다. 이 땅에 파라다이스가 온 것처럼 모두 환상에 젖어 있었다.

생각지도 못했던 일도 일어났다. 준호네 반에서 줄곧 반장을 했던 영찬이 아버지가 강원도당 인민위원장이 되었다. 그 어머니는 여성위원장이었다. 가난한 노동자들이 공산당으로 전향하는 줄 알았다. 그러나 춘천에서 제일 부자요 할아버지는 일제때 군수를 지낸 영찬네가 공산당 우두머리가 될 줄이야 꿈에도 상상하지 못할 일이었다.

영찬이 아버지와 같은 지식인들을 손아귀에 넣고 자연스럽게 그 지식인들을 꼭두각시로 만들어 공산당이 그 배후에서 조종하는 것이다. 맹목적으로 받드는 주자학의 교조주의와 교조 사회주의 논의가 비슷한 점이다.

무소유 피해자인 노동자·농민에게 땅과 재산을 똑같이 나누어주고 신분도 '동무'라 부르는 평등한 세상이 온다고 했다. 이런 달콤한 선전에 혹하고 넘어갔다. 그러나 공산주의의 약점은

내 땅이나 내 재산을 마음대로 쓸 수 없다는 것이다. 모두 국가재산에 귀속되어 있기 때문이다. 거주이전의 자유가 없어 공산당이 "연변에 가서 살아라." 하면 그곳으로 가야 한다. 농사도 협동농장으로 쌀을 생산해 내고도 일제 때처럼 배급을 타 먹어야 한다.

언론의 자유도 없을 뿐만 아니라 선거의 자유도 없다. 당 간부들은 상층계급으로 백두혈통이나 빨치산 후예들이 주로 평양에 거주하고 있다. 공산당원이 감독하는 지방 인민들은 하위계급으로 노예 같은 생활을 하고 있다. 속이 빈 공갈빵처럼 새빨간 거짓말만 하기 때문에 공산당을 빨갱이라고 부른다.

준호네 집에도 큰 변화가 왔다. 붉은 완장을 찬 최 서방이 정치보위부 군관과 함께 나타났다. 아버지가 항일투사였으니까 대우해 준다고 했다. 아버지는 작은 인쇄소를 하셨다. 3·1운동 때 독립선언문을 몰래 인쇄해 주었다. 일본 순사에게 잡혀가 심한 고문을 받고 그 후유증으로 해방되던 해 정월에 옥사하셨다. 그래서 항일 투사라 했다.

준호 어머니에게 전리품인 쌀과 옷감을 지켜달란다. 옥천동 적산가옥인 속칭 도깨비 집으로 우리 가족은 이사 갔다. 콩나물죽 아니면 시래기죽으로 겨우 입에 풀질했던 시절이었다.

이사 간 날 밤이었다. 준호는 하늘에서 쌀과 금덩이가 낙하산을 타고 내려오는 꿈을 꾸었다. 푸른색, 붉은색, 초록색, 노란색 낙하산에 매달린 금덩어리와 쌀가마가 집 마당에 수북이 떨어졌다. 기뻐하며 거두어들이려는 순간 얼굴은 붉고 머리엔 불난 도깨비들이 나타났다. 그들은 무지막지스러운 철퇴를 흔들며 마당에 들어섰다.

"우리들은 봉의산 도깨비다. 김일성 원수께서 주시는 선물 금 나와라 뚝~딱 쌀 나와라 뚝~딱.

이밥에 쇠고기국 먹여주마. 인민을 사랑하는 어버이 마음 밥 나와라 뚝~딱 국 나와라 뚝~딱."

도깨비들은 그 많은 물건을 도루 메고 대들보 위로 사라졌다. 하루아침에 홍부네 집처럼 방마다 쌀이요, 고급 옷감이 산더미처럼 쌓였다. '이런 좋은 세상이 오다니!' 꿈만 같았다. 공산당은 준호네 가족에게 은인이요 구세주였다. 새로 이사 온 집은 50여 평이 넘는 적산가옥이었다. 식량난이 극심한 때라 네 식구 밥걱정 안 하게 된 걸 다행으로 여겼다. 밥뿐만 아니라 비단이나 옥양목으로 옷도 해 입을 수 있었다.

우중충한 도깨비 집이 마음에 걸렸다. 모험을 좋아했던 준호는 도깨비가 들어간 대들보로 올라갔다. 원숭이처럼 여기저기 살펴보았다. 먼지만 수북이 쌓여있다. 구석진 곳에 신문지 뭉치가 있다. 두근대는 가슴을 진정시켰다. 풀어보니 1,000달러 80장이 들어있다. 군관 몰래 어머니 귀에 대고 속삭였다.

"어머니, 대들보에 달러가 있어요. 보세요."

봉투 속의 달러를 보여드렸다.

"내 복에 없는 돈은 화근을 불러온다더라. 잘 간수하고 두었다가 주인에게 돌려주자."

고 하셨다. 춘천 검사장 관사로 쓰고 있던 집이었다.

어머니는 예화를 들려주셨다.

춘천 중앙시장에서 호빵 장사를 하는 고 노인이 있었지. 그 노인은 빵 속에 팥을 듬뿍듬뿍 넣어 제일가는 부자가 되었어. 요선동에 청년 박성수가 살았어. 그는 빵 가게에서 사온 빵을 먹다가 빵 속에 한 돈짜리 금반지가 든 것을 발견하고 깜짝 놀랐어. 금반지를 들고 빵 가게로 달려갔지. 성수는 고 노인에게 금반지를 보이며 말했지.

"이 금반지가 빵 속에 들어 있었습니다. 자 받으세요."

고 노인은 고개를 갸웃거리며 젊은이를 쳐다보았어.

"빵 속에 금반지가 있을 까닭이 없지 않은가? 나는 이걸 받을 수 없어. 그건 자네가 갖게."

"아닙니다. 이건 할아버지 것입니다."

"성수군, 자네는 그 빵을 샀어. 그리고 금반지는 그 빵 속에 들어 있었네. 그러니까 그건 자네 거야. 그러니 금반지를 받을 수 없네."

"저도 금반지를 가질 수 없어요. 저는 빵을 산 것이지 금반지를 산 것이 아니니까요."

이런 이상한 다툼은 다른 사람들의 관심을 끌게 되어 여러 사람이 모여들었지. 둘이 밀고 당기고 실랑이하고 있을 때, 그걸 보고 있던 옆 점포 주인이 두 사람에게 말했지.

"두 분, 제게 좋은 생각이 있습니다."

"말씀해 보시지요."

"두 분 다 편안해지는 방법은 이렇습니다. 먼저 성수는 금반지를 고 노인께 드립니다. 성수는 빵을 산 것이지 금반지를 산 것이 아니니까요."

"그렇게 하면 내가 부정직해지는 게 아니오?"

"그렇지 않습니다. 고 노인은 그 금반지를 잠시 받기만 하시면 됩니다. 그 금반지를 받자마자 성수가 정직한 마음을 가진 데 대한 상으로 다시 돌려주십시오."

"아, 그거 좋은 생각이네요."

구경꾼들도 이구동성으로 찬성했어. 이때 고 노인은 가게 안에서 오랜 고뇌 끝에 밖으로 나왔어. 고 노인 손에는 금화와 함께 여러 장의 문서가 들려 있었어.

"여러분, 나는 이제 너무 늙어서 빵 가게 일을 더 이상 하기 어렵습니다. 그래서 제가 평생 모아놓은 재산을 어찌하면 좋을까 곰곰이 생각해 보았습니다. 나는 정직이야말로 세상에서 가장 큰 덕목이라고 생각해 보았습니다. 그래서 정직한 사람 하나 찾아서 내 돈과 이 가게를 맡기고 싶었습니다. 그래서 가끔 금반지를 넣은 빵을 만들어 팔았지요. 햇수로는 4년, 금반지의 개수는 수백 개가 나갔지만, 아직 빵 속에 금반지를 발견했다고 가져온 사람은 없었습니다. 그런데 오늘 성수가 처음으로 금반지를 가지고 찾아온 것입니다. 여러분, 저는 거짓말을 했습니다. 이 금반지는 제 것입니다."

"성수의 정직함은 여기 모인 여러분이 잘 증명해 주었네. 그래서 이 가게도 자네가 맡아주면 고맙겠네."

어머니는 정직이야말로 가장 큰 자산이라고 했다. 독립운동가 안창호 선생도 "여러분은 미국 독립군 총사령관 워싱턴 초대 대통령이 되려고 하지 말고, 정직한 조지가 되시오."라고 했단다.

정직이란 거짓이나 꾸밈없이 성품이 바르고 곧음을 의미

한다.

이런 행운은 누구에게나 찾아온다. 가까운 곳에서 준비된 듯 찾아온다. 다만 그것을 못 알아차리거나 준비가 되어 있지 않으면 행운의 주인공이 되지 못하고 만다.

준호는 6월이 와도 겨울 교복 그대로 입고 있었다. 흰 옥양목으로 여름 교복을 해 입었다. 이제는 큰 집에서 쌀 걱정, 옷 걱정 안 하고 남부럽지 않게 살 수 있으니 이곳이 낙원이요 천국이었다. 옷 자랑할 겸 학교에 나갔다. 피란 가지 못한 학우들이 여럿 모여 있었다.

"위대한 지도자 스탈린 대원수님과 우리 공화국의 위대한 수령이신 김일성 장군께서 남반부를 해방시켰습네다."

원수라는 말과 수령이란 말이 귀에 거슬렸다. 이제 '조선민주주의인민공화국'이라니 대한민국은 영영 사라진 것인가?

영어 선생이 나와 김일성 장군 노래를 가르쳤다.

> 장백산 줄기줄기 피어린 자욱 / 압록강 굽이굽이 피어린 자욱
> 오늘도 자유조선 꽃다발 위에 / 역력히 비춰 주는 거룩한 자욱
> 아 그 이름도 그리운 우리의 장군 / 아 그 이름도 빛나는 김일성 장군!

첫날 김일성 장군 노래를 불렀다. 두 손으로 책상을 두드리며 힘차게 불렀다. 마룻장도 들썩거리는 듯했다. 얼마나 부르기 쉽고 신명나는 노래인가. 노래란 뇌 속을 자극하고 감정을 감화시키는 위력을 가지고 있다. 글은 뒷전이고 매일 맑스·레닌

이론을 가르쳤다. 가르치기보다는 세뇌교육을 시키는 시간이었다. 사회주의 이론대로라면 자본주의를 왜 동경하겠는가?

매일 같이 붉은 깃발을 그렸다. 학습 내용은 노동신문의 전면을 차지한 김일성 수령의 교시를 돌아가며 읽고 예찬하는 공부였다. 목소리가 작거나 박수치는 소리가 작으면 반동분자라는 낙인이 찍힌다. 계속 반복되는 학습에 서서히 열기가 증발해 가고 있었다. 매일 같이 교시의 복습은 지루하고 식상했다.

바뀐 세상에서 잘살 수 있을 것이라는 기대에 부풀었다. 교사는 학생들에게 공부를 가르치기보다 사상교육과 김일성 장군 노래를 가르쳤다.

"미국 놈과 이승만 괴뢰정권, 타도하자! 타도하자!"

준호는 주먹을 불끈 쥐고, 구호를 소리 높여 외쳤다.

공산주의는 보이지 않는 신보다 현실적이라고 유물론을 내세우고 있다.

"인간이란 다만 느끼는 존재이며 먹는 존재일 뿐, 신이란 소망의 빛을 투사投射해도 아무것도 없다. 따라서 인간이 없다면 신도 존재할 수 없다."고 선전했다. 인간이 곧 신이다. 보이지 않는 신을 경배하기보다는 실존하는 인간을 숭배하라. 그분이 곧 김일성 장군이시다. 이렇게 신성시했다.

인간이 곧 신이라는 무신론은 종교 지도자들의 위선에 지친 사람들에게 새로운 청량제 역할을 했다. 또한 신 앞에 평등은 허위일 뿐, 물질 앞에 평등이야말로 진정한 평등이다. 그 신념으로 공산주의를 달성하기 위하여 폭력도 마다하지 않을 것이다.

"인간에게 필요한 물질을 분배하기 위해서도 피를 흘려야 할 것이 아니냐?" 하면서 피의 폭력은 정당하다는 것이다. 그래서 농민을 부려 먹던 지주를 죽창으로 죽이고, 노동자를 혹사시켰던 자본가를 총살시켰다. 그들의 붉은 깃발은 피를 연상케 하는 혁명을 말해주고 있다.

공산주의 행동철학으로

"내가 약할 때 나는 너에게 자유를 요청할 것이다. 왜냐하면 자유는 너희들의 원칙이기 때문이다. 그러나 강해지면 나는 너희들로부터 자유를 빼앗아 버리고 말 것이다. 왜냐하면 자유란 공산주의 원칙이 아니기 때문이다."

이와 같이 호랑이 발톱을 숨기고 위장전술을 쓰고 있다. 적이 강하면 협상을 하고, 약한 틈이 보이면 먹어버린다. 중국을 먹어버린 모택동 전술이 그것이고, 겉으로는 협상을 하는 척하면서 불시에 쳐들어온 김일성도 같은 전술이었다. 김일성의 유시로는 '적화통일, 원자탄 제조, 땅굴 파기'로 이것이 북한 공산당의 최고 목표인 것이다.

한두 달 지나고 보니 공산당의 실체가 서서히 보이기 시작했다. 이론과는 반대로 평등하지 못했다. 신앙의 자유가 없다. 거주이전의 자유도 없고 언론의 자유도 없다. 집이랑 토지도 모두 공산당의 것이다. 백두혈통이나 빨치산 후예들은 특권층으로 평양에 산다. 모든 인민은 자유가 없는 노예와 같다.

정치보위부 군관은 우리 가족을 감시하고 있다. 그 군관에게 어머니는 점심을 차려주고 있었다. 누런 제복과 붉은 계급장을 보면 가슴이 철렁 내려앉고, 다리가 후들거리면서 실수를 연발

했다. 점심 준비를 하면서 접시를 깨거나, 반찬 간도 짜게 하여 맛을 내지 못했다. "내가 왜 이러지?" 뇌까렸다.

　준호도 자유롭지 못한 생활에 하루하루 살얼음 밟듯이 조심조심 지냈다. 사람은 먹고 입는 것으로 만족할 수 없다는 사실을 깨달았다. 불안한 하루가 천년 같았다. 걱정하던 일이 크게 터지고 말았다. 인민군관은 철없는 동생 은호를 살살 꾀어 우리 집안의 내력을 캐냈다. 외삼촌이 도 경찰국 공보실장이라는 약점을 찾아냈다. 준호도 자원하여 의용군으로 나가라고 권고했다. 이웃집 용환이도 징집되었다. 길거리에서 청년들을 마구 잡아가 낙동강 전투에 투입했다. 준호 나이 16세로 징집대상자였으나 이리저리 피해 가면서 1m60㎝ 이하로 키가 작다는 핑계로 총알받이를 면하게 되었다.

　이런 여러 가지 이유로 준호네 가족은 다시 모수물골 초가집으로 돌아왔다. 그러나 옛날처럼 자유롭게 나가 놀 수가 없었다. 왜냐하면 저녁에는 소년단, 낮에는 인민학교에서 오라고 한다. 그리고 어머니는 부녀회와 강제 노역에, 누나는 여성동맹에 가입, 매일 밤 모였다. 게다가 낮에는 아무 때나 전투기가 들이닥쳐 폭격을 하기 때문이다.

　똑~똑~똑 나가서 놀아도 될까요. 우리들이 맘껏 뛰어놀 수 있는 세상은 언제 오나요? 전쟁 없는 나라에서 행복하게 살 수는 없나요? 온 식구가 모여 오순도순 웃으며 사는 세상은 언제 올까요?

　날고 싶을 때 날 수 있는 새들은 얼마나 자유로운가. 피고 싶을 때 필 수 있는 꽃들은 또 얼마나 자유로운가. 공산 치하에서는 자유가 없다. 나라를 잃고 보니 자유가 얼마나 소중한지 깨닫게 되었다.

하잘것없는 사상싸움에 어린이들은 굶어 죽고, 포탄에 맞아 죽어가고 있다. 수수밥을 먹은 은호가 배탈이 났다. 설사를 하고 피똥을 쌌다. 어디서 약을 구할 수 없었다. 병원도 의사도 없다, 속수무책으로 하루하루를 보냈다. 익모초를 구해 달여 먹였으나 별 효험이 없었다. 동생은 앙상한 나뭇가지처럼 움푹 파인 눈에 뼈만 드러냈다. 이웃집에서 눈곱만한 아편을 얻어 먹여 목숨만은 건졌다.

순식간에 큰 집과 그 많던 물건이 신기루처럼 사라졌다. '물가에 서서 물고기를 부러워하기보다는 집에 돌아가 그물을 짜라'는 격언이 있다. 잘살기 위해서는 부지런히 일해야 한다. 그러나 맘대로 일할 자리가 없다. 직업에 자유가 없다. 평등이라는 구호 아래 백성들을 노예로 부려먹고 있는 보이지 않는 큰 조직이 도사리고 있었다.

9

강제 부역

그때가 막 9월 중순으로 접어드는 시기였다. 갑자기 집집마다 한 사람씩 춘천 역전으로 나오라고 했다. 어느 부역자가 불평했다.

"공산당 놈들이 낮에는 비행기 폭격이 무서워 애매한 시민들에게 등짐으로 군량미를 나르라고 하는구먼?"

누가 들으란 듯이 말했지만 워낙 소음이 심해서 거기에 대해 응답하는 사람 없었다. 군관인 듯한 사람이 조금 높은 자리에 올라서더니 마이크도 없이 큰소리로 군중을 향해 말했다.

"동무 여러분! 내 말 들으시기요. 이제부터 창고에 있는 쌀을 동산면사무소로 운반해야 하겠시오. 자기가 지고 갈 만큼만 자루에 담으시라요. 만일 가다가 버리거나 팔아먹는 반동이 있으면 가차 없이 총살이요. 명심들 하시라요?"

겁을 주는 말을 서슴없이 했다. 어머니는 벌써 세 번째 부역이다. 춘천역 창고에 쌓여있는 쌀 두 말을 이고 30km 정도 되는 원창고개 넘어 동산면사무소까지 군량미를 나르는 부역을 했다. 춘천역에서 출발한 행렬은 끝이 보이지 않았다. 그믐밤이라 훤한 길만 보고 걸었다. 얼마 못 가서 목이 말라도 물 한 모금 먹을 수 없었다.

학곡리를 지나 원창고개에 올라서니 꾸불꾸불 이어지는 행렬은 마치 긴 뱀이 기어가는 듯했다. 지금처럼 도로포장이 되지 않았고 신발도 검정 고무신이었다. 자갈길을 잘못 디디면 발목이 휘고 돌뿌리에 채기도 했다. 원창고개를 넘어 비포장길을 돌아 버덩으로 나섰다.

비행기를 피하려고 밤새도록 쌀 두 말을 지고 앞사람 뒤통수만 보고 걷고 걸어서 부역을 마치고 집으로 돌아오는 길이었다. 몸이 노곤하니 땅속으로 가라앉는 느낌이었다. 제대로 먹지 못한 탓인지 심한 허기와 전쟁의 공포가 꿈결같이 아득하게 느껴졌다. 기진맥진한 가운데 군량미를 나르는 노역을 마치고 새벽에 석사동을 지나 쉬고 있었다. 어머니는 기관지가 좋지 않았다.

"에이구 숨차, 세상이 왜 이리 뒤숭숭한지…."

준호 어머니는 나무등걸에 걸터앉아 땀을 닦고 있었다.

"아니, 어딜 갔다 오는 길이유?"

그곳을 지나가던 또래 여인이 다가와 말을 걸었다.

"어디긴 어디겠수, 부역 나갔다 오는 길이지."

"그럼 식량운반에 동원됐구먼."

"그렇다오. 인민위원회에서 나오라니 안 나갈 수도 없구…. 말 안 들으면 어떤 화를 당할지 모르니 어쩌겠수."

저절로 불평이 나왔다.

"무슨 소문 못 들었수?"

초면에 늙수그레한 부인이 친근하게 말했다.

"소문이라니, 금시초문이요."

그 부인은 사방을 살펴본 후에 귀에 가까이 대고 속삭였다.

"맥아더 장군이 이끄는 유엔군이 인천에 들어왔다지 뭐유."

"아니, 그럼 곧 국군이 들어오는 것 아니유? 난 아무 말도 못 들었수."

"글쎄, 요즘 같아서는 세상이 어떻게 돌아가는지 영 감을 잡을 수 있어야지 원?"

그 수상한 부인은 무슨 말이 나올지 준호 어머니를 유도해 보았다.

"어디 살겠수, 빨갱이 세상이 뒤집혀야지…."

그 여인과 헤어지고 난 후 마음이 찝찝했다. 서로를 감시하고 고발하는 살얼음판과 같은 세상이었다. 1950년 9월, 발 없는 말 천 리를 간다더니, 유엔군이 인천 상륙작전에 성공하여, 서울을 도로 찾았다는 소문이 입에서 입으로 퍼져나갔다.

다음날 내무서원 두 명이 와서 준호 어머니를 연행해 갔다. 짐작으로는 "빨갱이 세상이 뒤집혀야지" 하며 불평을 했다고 염탐꾼이 밀쇠했던 것이리라.

"이보오, 여성동무. 동생이 악질 반동 경찰이요?"

"예 그렇습니다만…."

"우리와 같이 가 주어야겠소."

어머니가 끌려간 곳은 내무서였다.

"어서 들어가."

내무서원은 유치장을 손가락으로 가리켰다. 사흘이 지났다. 어머니를 나오라고 손짓했다.

"에… 우리는 반동 분자에게 착취당하고 억압받던 남조선을 해방시켰소. 그러니 우리에게 적극 협조해야 하오!"

어머니 표정을 살폈다.

"빨리 세상이 뒤집혀야 한다고 뜬소문을 퍼뜨린 적 있소?"

어머니는 묵묵부답이었다.

"불량사상을 인정하는 것으로 알고 넘어가겠소. 에~ 여성동무, 경찰을 어디에 숨겨두었소? 솔직히 말하면 살려주겠소."

"전 모릅니다."

"시치미를 떼겠나?"

"정말 모릅니다."

"음… 맛 좀 봐야 정신 차릴 모양이구만! 이 반동 간나야…"

내무서원은 눈을 부릅뜨고 거품을 물었다. 그는 물푸레 몽둥이로 어머니를 사정없이 때렸다.

"아이고, 아이고 나 죽겠네…"

비명을 지르다가 정신을 잃고 말았다. 한참을 지난 후 눈을 떠보니 유치장 안이었다. 피투성이인 몸을 가눌 수 없었다.

다음 날도 고문이 시작됐다. 전날과 똑같은 심문이 되풀이됐다.

"이봐, 여성동무! 그만큼 맛을 보았으면 자백할 때도 된 것 같은데?"

내무서원은 비꼬듯 말했다.

"아무리 그래도 모르는 걸 어떻게 합니까? 거짓말하리는 건가요?"

"뭐야! 이 악질 반동 간나새끼가 아직도 정신을 못 차렸구먼!"

내무서원은 뻘떡 일어나더니 권총을 뽑아 들었다. 어머니는 겁에 질려 그가 하는 꼴을 보고만 있었다.

9. 강제 부역   133

"이 간나새끼, 아가리 벌려."

내무서원은 다가서며 소리를 버럭 질렀다.

"너 같은 악질 반동은 살려둘 필요가 없어."

권총을 입안에 들이밀었다. '이젠 끝장이구' 눈을 감았다.

"자… 이제 마지막으로 할 말이 있으면 해 보라우."

손사래를 지으며 권총을 빼달라고 했다.

"할 말이 있으니 권총을 치우세요."

"좋아!"

그는 어머니 입에서 권총을 뺐다.

"나는 가정주부요. 집안 살림을 하는 사람이 어떻게 알겠어요? 그러나 분명한 것은 공산당의 노예가 되느니 차라리 죽음을 택하겠소!"

"이 반동 간나새끼, 총살 시키라우….'

내무서원은 어머니를 다시 유치장에 집어넣었다.

오늘도 하늘은 푸르다. 기다리던 쌕쌕이 전투기가 왔다. 시내 한복판에 폭탄을 퍼부었다. 봉의산 엄성바위에서 인민군 대공포가 터졌다.

"탕~탕 탕탕~."

기관총 소리에 조마조마 마음을 졸였다. 그러나 마음 한편 후련했다. 비 오는 날이면 비행기가 뜨질 못했다. 그날은 섭섭했다.

어머니가 어디로 잡혀갔는지 불안했다. 설상가상으로 여성동맹 회장인 영찬이 어머니가 준호네 가족에게 세뇌교육을 시켰다. 준호에게는 김일성 장군 노래를 불러보라고 했다. 동생 은호에게는 인민공화국 국기를 그려보라고 했다. 종이 한 가운데 붉은 별 하나 그려 놓았다. 양옆으로 붉은색을 칠했다. 흰 줄 한 칸 띄고 푸른색 칠했다. 은호가 그린 국기를 가지고 여성동맹원은 가버렸다. 준호는 동생에게 틈틈이 인공기를 그리는 연습을 시켰던 것이다. 이런 재치로 준호네 식구는 시달림을 면하게 되었다. 반동분자라는 낙인을 받지 않으려고 누나는 여성동맹에 나갔다. 매일 밤 학습을 하고 자아비판을 했다.

머슴이 지주를 때려죽이고, 아들이 제 아비를 고발했다. 이것이 위대한 혁명과업이었다. 이런 식으로 인간이 가지고 있는 야수성, 증오심, 열등감을 자극했다. 그 결과 같은 동네에서 서로 죽이고 보복하는 연쇄살인이 일어났다. 피를 본 좌익들은 눈이 뒤집혀 사사로운 감정을 가졌던 이웃을 불순분자로 몰아 보복하기도 했다.

준호 어머니는 컴컴한 감방에서 하루를 더 지새웠다. 뒷마당에 뒤엉켜 있는 시체를 쪽창 너머로 보았다.

"이제 죽었구나?"

슬퍼하면서도 자식들 생각하니 꼭 살아야겠다는 꿈을 놓지 않았다. 바로 눈앞에 죽음이 닥쳐와도 뭔가 할 수 있다는 믿음이 있었다. 살아 있는 한 희망이 있었다. 오직 힘이 되는 것은 무한한 우주와 시간의 역사를 특별하게 이어주는 사랑의 결실인 아이들이 있었다.

동틀 무렵, 창틈으로 큼직한 손이 들어 왔다. 최 서방이 쇠톱을 넣어주었다. 쇠창살을 자르고 새벽에 준호 어머니는 집으로 돌아왔다. 창살에 찔려 왼쪽 다리에서 피가 흘러 내렸다. 유별

나게 지독지애舐犢之愛한 어머니는 그길로 삼남매를 데리고 시밀 사촌댁으로 몸을 피했다. 지옥 같은 공산치하에서도 우리 가족은 살아남아야만 했다.

아니나 다를까. 그날 내무서원이 어머니를 잡으려고 집에 왔으나 허탕을 치고 돌아갔다고 한다. 그들이 돌아가는 길에 김일성 눈알이 빠져있는 벽보를 보았다. 눈깔 빠진 곳에서 피가 흐르고 있었다. 동위원장을 비롯하여 당원들이 포스터 앞에 꿇어앉아 자아비판을 했다. 그날, 보슬비가 내려 포스터 위에 인쇄된 붉은 깃발의 잉크가 흘러 내렸던 것이다. 이 사건으로 모수물골이 발칵 뒤집혔다. 범인을 찾아낸다고 밤새도록 열한 집 모두 괴롭혔으나 헛일이었다.

공산당의 꿀 바른 말은 바람이 살짝 스쳐도 천리를 날아가 칼바람 매질하듯 서슬 퍼렇다. 세 치 혀 밑에 감춘 새빨간 거짓말은 생선 썩은 냄새로 천리를 날아가 길 잃은 유령처럼 망령의 무리를 선동했다.

노동자·농민은 착한 양심밖에 가진 것 없는데 공산당원은 굶주린 사자처럼 머뭇거림 없이 손을 뻗어 휘감는 왕거미 되어 그들을 낚아챈다.

붉은 완장 하질은 공산당의 노리개 같아서 탬버린 치는 원숭이다.

전리품을 나누어 갖듯 지주 땅을 빼앗아 똑같이 나누어 갖자고 사탕발림 하는 혹하는 말 속에 비수가 심장에 꽂혔다.

공산당의 혀는 착한 양심보다 세고 붉은 완장의 입은 잘 발효되지 않은 젓갈처럼 쿠리다. 이기는 것 같지만 전락하는 공산주의, 지는 것 같지만 자유를 누리는 민주주의다. 지구 어디에도 공산주의 잘 사는 나라가 있는지 찾아보자.

〈'아름다운 악이란 없다'. 선우미애 시〉

베를린 장벽이 허물어진 후에 레닌의 공산주의 이론은 70년이 지난 후 읽다 버린 신문처럼 쓰레기가 되어버렸다. 소련을 러시아로 바꾸었다. 폴란드, 체코, 우크라이나 등 위성국가들도 민주주의로 환원했다. 유달리 북한 공산정권만이 독재자로 남아있다.

공산 치하에서도 가을은 왔다. 농사는 평년작이다. 산골이라 메밀, 콩, 팥, 수수를 추수하기 전에 알 수 없는 일이 벌어졌다. 면소에서 나온 남녀 한 조가 되어, 논에서 자란 이삭을 잘라서 보자기에 놓고 그 알갱이를 세고 있었다. 공출을 걷으려고 조사하는 것이라고 했다. 주인의 입장에서 보면 속 터질 일이다. 왜 제일 잘된 이삭을 뽑아 세는 건가?

농민들 울화가 터지는 광경이다. 비료를 대주거나, 농사일 거들어 주거나 했던가? 어느 농민들이 그들을 바른 눈으로 보겠는가? 추수한 곡식 거의 다 빼앗아 갔다. 해방된 조국 노동자 농민을 우대한다는 공산당이라고 하지 않았던가. 더 좋은 세상을 맞이했다는 농민들은 지난 세월이 그리울 뿐이었다.

옥수수 이삭 콩꼬투리 모두 뽑아 세더니 이제는 얼른 수확하라고 재촉했다. 수확을 하자마자 기준도 없이 거의 다 빼앗아 갔다. 위대한 해방 전사들에게 햇곡식을 먹여서 하루빨리 조국통일 성업을 완수해야 한다고 떠들어 댔다. 농민들은 허리를 굽실거리며 내살 같은 곡식을 빼앗겼다.

그나마 남은 콩을 타작했다. 멍석을 깔고 도리깨로 콩깍지를 힘껏 내리쳤다. 콩은 껍질을 벗고 '콩~콩~콩' 달아났다. 콩은 툇마루 속으로 들어가고 부엌으로도 들어갔다. 콩콩 튀어 쥐구멍으로도 쏙 들어갔다.

같은 형제끼리 죽이고 죽는 이 사상전쟁은 마치 콩깍지로 콩을 삶는 그런 비극이었다. 빼앗긴 땅이지만 추수의 풍요로움은 가을마당에 몽당빗자루를 들고 춤추어도, 농사 밑이 수북하리만큼 타작마당에는 흩어진 곡식이 있었다.

준호는 타작을 마치고 개울로 나가 목물을 하고 돌아왔다. 어스름 땅거미가 내릴 무렵, 마당에 멍석을 펴고 늦은 저녁을 먹었다. 저녁밥이래야 옥수수 몇 대 먹는 것이었다. 귀뚜라미는 합창을 하고, 개똥벌레는 불꽃놀이를 시작했다. 늦더위에 모기가 극성이었다. 마당 가에 모깃불을 피웠다. 날 쑥을 위에 얹은 모깃불은 활활 타는 모닥불이 아니라 연기가 모락모락 피어나는 연기 불이다. 연기가 매워서 바람 부는 반대편에 앉아야만 했다.

계절이 가을로 지나가는 밤하늘엔 별들이 가득하다. 별을 보면 아무 걱정 없이 별들을 헤아리고 싶다.

캄캄한 하늘에 하나둘 별들이 놀러 나왔다. 청청한 밤하늘에 유난히 반짝이는 별 하나 보았다. 문득 별들의 세상에서 살고 있는 동생 동호 얼굴이 떠올랐다. 일제 때 갑자기 이질을 앓기 시작한 동생에게 제대로 약 한번 못 써보고 하늘나라로 보냈다. 그 별이 동생이 살고 있는 초인종으로 보였다. 초인종을 누르면 "형아~" 하고 달려 나올 것만 같았다. 밤하늘에 반짝이는 별을 보면 동생을 그리워하는 준호 가슴 속에 별을 품고 살아간다. 그에게 별처럼 빛나는 추억을 만들어가며 살라고 속삭여 주고 있다. 어느새 셀 수 없이 많은 별이 꽃밭처럼 별 밭을 이루고 있었다.

'저 별들 세상은 전쟁도 사상도 굶주림도 없겠지. 별은 왜 이토록 아름답게 보일까? 꺼지지 않을 만큼 빛을 남겨놓기 때문이겠지. 별은 왜 이토록 아름답게 보일까? 어머니가 자식에게 주고 또 주듯이 별도 사랑이 많기 때문이겠지.'

이토록 아름다운 세상에 수많은 별이 반짝이며 속삭였다. 은하수의 저 많은 별들은 그냥 잠들도록 놓아두지 않았다. 하늘의 저 끝에서 이 끝까지, 그 넓은 하늘 가득 메운 별들을 어떻게 잊을 수 있단 말인가. 가린 곳 하나 없이 온전히 드러난 그 넓은 하늘에 있는 것은 오직 별뿐이다. 준호는 별자리를 다 알지 못했다. 그러나 별을 바라보노라면 꿈의 향연이 끝없이 펼쳐지고 있었다. 밤하늘의 별처럼 밝지 않아도 바람 부는 날 등잔불처럼 공산 치하에서 꺼질 듯 꺼질 듯 조마조마 마음 졸이고 살고 있다.

북두칠성 일곱 개 별은 앙상블을 이루고 있다. 희미한 별이라고 괄시하지 않고 서로 손잡고 다정하게 살아간다. 더불어 수놓고 아름다움을 창조함으로써 사랑의 물결을 이루고 있다. 이 가을밤의 정취를 맛보지 않고 어떻게 자연의 아름다움을, 그리고 삶의 환희를 말할 수 있겠는가? 지구상의 모든 나라들도 별과 같이 서로 어울려 사는 평화로운 세상이 왔으면 좋겠다.

이렇게 시골 밤하늘은 장대하다. 티 없는 하늘과 은하수는 준호의 가슴을 활짝 열어주었다. 그가 저 먼 은하수와 연결되어 있다는 걸 깨닫게 했다. 그것은 인민공화국도 아니요, 세계인도 아닌, 지구인으로서 새로운 인식이었다.

이제 다 못다 헤아린 것은 점점 새벽이 오고 있기 때문이다. 오늘 못다 헤아린 별은 내일 밤에 다시 헤아리자. 내 목숨이 다하지 않는 한 해방이 오고 자유대한을 다시 찾을 날이 오겠지.

삼대독자 사촌 형은 의용군에 가지 않으려고, 느랏재 넘어 깊은 대룡산 굴속에 두 명의 청년이 함께 몸을 숨기고 있었다.

"지금 우리 붉은 군대는 대구를 지나 부산으로 진군하고 있다고 하오. 우리의 승리가 눈앞에 다가왔디요. 김일성 장군 만세! 스탈린 대원수 만세!"

이런 가두방송이 귀가 따갑도록 날로 기승을 부리고 있었다. 이날 갑자기 청년들을 공회당으로 모이라고 했다.

"여러분, 이제 우리의 성전聖戰을 마무리 짓는 전쟁터로 나가고자 자진 집결했시오. 시간이 없습네다. 자, 어서 갑시다."

동네 청년 16살부터 40살까지 닥치는 대로 의용군이라는 미명 아래 낙동강 전선으로 싹 쓰리 해갔다. 밀리고 있는 공산당은 청년들을 의용군이라는 이름으로 전쟁터 총알받이로 내몰았다. 그 후 살아 돌아온 사람은 한 사람도 없었다.

가을이 오자 밤에는 찬 기운이 돌았다. 준호는 숨어 사는 형들에게 음식과 옷을 날라주고 오는 길이었다. 동구 밖에서 내무서원과 마주쳤다.

"잠깐, 이리 와 보기요?"

불심검문을 했다. 준호 호주머니에서 무심코 주워 온 삐라가 나왔다. '승리의 날은 곧 옵니다.' 내용이 담긴 비행기가 뿌린 불온문서였다. 내무서로 연행해 갔다. 6·25 당시 삐라 중에는 미군이 인민군·중공군을 대상으로 뿌린 선전 쪽지는 3년에 걸쳐 천여 개 가까운 각종 선전쪽지였다. 제공권을 장악했던 미군과 유엔군은 종이전쟁으로 삐라를 항공기로 대량 살포했다. 투항을 권유하거나 공산주의 체제의 모순을 지적해 적군의 전의를 꺾는 심리전이다.

"동네 청년들을 어디에 숨겼는지 대라우."

물푸레 몽둥이로 고문했다. 고정간첩이니 내일 즉결 처분한다고 엄포를 놓고 유치장에 가두었다.

소련공산당은 혁명이라는 미명 아래 얼마나 많은 피를 원하는가? 시베리아 벌판, 중원의 넓은 땅, 그것도 모자라서 손바닥만한 반도를 모두 삼키려 하고 있다. 준호는 잠깐 꿈을 꾸었다.

"인간이 살아야 할 삶의 원칙은 무엇입니까?"

"미워하지 말고 서로 사랑하라."

가시관을 쓴 예수님이 나타나셨다.

사자는 용포 같은 깃털을 날리며 사슴에게 달려들었다. 사슴의 목덜미를 물어뜯었다. 날카로운 발톱으로 사슴을 밟았다. 북극곰은 뒤에서 바라보고 있었다. 죽어가는 사슴 앞에 핏발선 눈빛들, 주둥이를 서로 밀치며 '으르렁' 소리를 높였다. 물고 물리면서 배를 채우려는 늑대, 사슴이 죽으려고 할 때 코끼리 떼가 달려와서 사슴을 구해주었다. 꿈을 해석해 보니 사슴은 남한이요, 사자는 중공군, 늑대는 인민군이요, 북극곰은 소련,

코끼리는 유엔군이었다.

정치보위국 공산당원은 준호를 개천가 말뚝에 몸을 묶고 검정 천으로 눈을 가렸다. 의용군 대상자를 도피시킨 반동분자는 총살한다고 했다. 억울하고 몹시 두렵고 떨렸다.

"하느님, 살려주세요!"

간절히 기도했다. 죽음을 인식해야만 비로소 삶이 보인다고 했다. 그러나 지금 죽기는 너무나 아까운 나이다. 소문을 듣고 준호 어머니와 당숙, 동네 노인들이 몰려왔다. 내무서장에게 사정했다. 협상 끝에 당숙이 기르는 암소를 주면 풀어준다고 했다. 그 암소는 새끼를 낳고 논밭을 가는 사촌형 장가 밑천이었다. 며칠 전부터 그 암소를 해방군을 위해 기부하라고 했었다. 그 암소를 주고 준호는 풀려났다. 그다음 날 후퇴하는 인민군들에게 소고기국밥으로 보신 거리가 되었다.

"쿵~ 쿵~."

대포 소리가 점점 가깝게 들렸다. 반가운 소리요, 자유의 소리였다. 기쁜 소식을 전해주는 생명의 소리였다. 비행기 폭격은 날로 심했다. 전의戰意를 상실한 듯 북쪽을 향해 패잔병들은 힘없이 걸어가고 있었다. 다리 부러진 병사, 팔 다친 병사, 머리 깨진 병사… 지팡이에 의지해 절뚝거리는 병사, 엎여 가고 들것에 실려 가는 병사. 끝도 없이 도망가는 그들 머리 위로 느닷없이 폭격이 가해졌다. 논둑이며 밭둑, 울타리 밑이고 나무 밑에, 포수 만난 꿩 모양 아무 데나 머리 쑤셔 박고 폭격이 끝날 때까지 꼬꾸라져 있었다. 비행기가 파란 하늘에 흰 연기를 남기고 사라지면 툭툭 털고 일어나 다시 처참한 몰골로 걸어갔다. 그러고 보니 '도리우찌' 쓰고 우쭐대던 붉은 완장들도 보이지 않았다. 이미 지방 빨갱이들은 북으로 도주했다.

준호네 가족은 모수물골로 돌아왔다. 강원도당 위원장이 아버지인 친구 영찬이가 숨을 헐떡이며 그를 찾아왔다.

"이 물건 좀 맡아줄래, 여동생도 함께."

밥사발만한 묵직한 흰색 두 덩어리와 12살쯤 되어 보이는 여동생을 두고 갔다. 생전 처음 보는 물건이기에 값이 얼마나 나가는지도 몰랐다. 방공호 이불 갈피 속에 숨겼다. 그의 여동생은 윤곽이 뚜렷한 볼이 예쁜 소녀였다. 그 소녀와 방공호 속에서 품에 안고 하룻밤을 지냈다. 처음으로 이성에 대한 야릇한 감정을 느꼈다.

이튿날 아침, 영찬이는 허둥거리며 여동생과 맡겨놓은 백금 덩어리를 찾아갔다. 백금보다 그 여동생과 헤어지는 것이 더 섭섭했다. 전쟁은 신분을 허물고 애정을 갖게 했다. 빈부의 성곽도 무너졌다. 전쟁 북새통에서도 애정은 싹터 오르는구나?

포성이 점점 가깝게 들렸다. 포 소리를 들으면 부푼 기대로 가슴이 울렁거렸다. 삼악산 뒤편에서 들리는 포 소리는 구원의 소리요 자유를 갈망하는 소리였다. 점점 가평 쪽에서 후광이 충천하고 폭격과 포격이 숨 돌릴 새 없이 하늘을 짓눌렀다. 해방이 막바지에 든 느낌이었다. 폭격은 날로 심하고 인민군은 슬슬 도망가기 시작했다.

10
다시 찾은 태극기

추석을 며칠 앞둔 어느 날, 요란하게 지축을 울리며 굉음이 가까이 다가오고 있었다. 생전 처음 들어보는 실로 무지막지한 소리였다. 그 소리는 어느새 도청 앞 광장에 와서 천지를 뒤흔들었다. 삐걱거리는 쇳소리는 일진광풍까지 몰고 온 탱크였다. 그 탱크 등허리에 꽂은 태극기와 성조기를 보고 큰 감동을 받았다. 어느새 눈물이 줄줄 흐르고 있었다.

"만세~ 만세~ 대한민국 만세. 국군 만세, 유엔군 만세~."

두 팔을 높이 쳐들고 목이 터지도록 만세를 부르자. 일어나 뛰어가며 만세를 부르자. 치욕도 머리비듬처럼 가볍게 몸에서 떨어져 나간다. 울분했던 마음이 툭 소리를 내며 떨어져 나간다.

만세는 아무 때나 부르지 않는다. 미치도록 기쁠 때 저절로 터져 나오는 소리. 더없이 간절한 소원이 이루어질 때 분출돼 나온다. 힘차게 만세를 부르면 기쁨이 솟구친다. 뜨거운 눈물도 나온다. 감동의 물결이 온몸에 휘감긴다.

휘날리는 태극기를 바라볼 때, 그 감각은 죽음직전에 새 생명을 얻음이요, 매임에서 풀림이요, 노예에서 해방된 기쁨이었다. 국기는 아군과 적군의 구별이요, 사느냐 죽느냐 생사의 갈림길이다. 속박이냐 해방이냐의 분수령이요, 조국의 표상이다. 국기는 우리의 자유이고 희망이다. 민족의 용기이며 겨레의 등

불이다.

 태극기를 보고 설레는 가슴은 조국에 대한 사랑과 존경을 뜻한다. 국민 모두가 방방곡곡에서 휘날리는 태극기를 바라보고 가슴 설렐 수 있다면 어떠한 어려움도, 지역 간 갈등도 능히 이겨낼 수 있을 것이다.

 태극기는 3·1절 방방곡곡에서 외치던 함성이며 청산리 대첩에서 승리한 독립군 투쟁의 깃발이다. 소양강 전투에서 3일 간 버틴 용기이며 인천상륙작전에서 승리한 자유공원 동상이다.

 태극기는 아군과 적군의 구별이요, 사느냐 죽느냐 생사의 갈림길이다. 속박이냐 해방이냐 분수령이요, 자랑스러운 조국 대한민국의 표상이다. 자유와 평화의 상징이며 겨레의 등불이다.

 그 마음은 이 땅을 사랑하는 불씨처럼 시작된다. 그 깃발은 설악의 불타는 단풍이요, 남해의 출렁이는 파도 소리요, 호남평야의 풍요로움이다. 태극기 휘날리는 곳에 글을 가르치는 스승이요, 땀 흘리며 일하는 노동자요, 화재 현장에 뛰어든 소방대원이다. 나라를 지키는 국군장병이요, 치안을 돌보는 경찰이다.

 도청 하늘 높이 태극기 휘날릴 때, 앞으로 세계올림픽에서 금메달을 목에 걸고 태극기 올라갈 때, 낭낭대해 바다 위로 태극기 휘날리며 항해하는 배를 볼 때, 태극마크 선명한 여객기가 외국 공항에 내렸을 때 가슴 벅차오르는 감격일 것이다.

 아! 태극기는 대한민국의 얼굴이다. 빛나라 휘날려라 세계 방방곡곡 하늘 드높이….

 손 모아 기다리던 국군이 춘천에 들어왔다. 그들의 표정은 개선장군인 양 보무당당하고 위엄이 넘쳤다. 모수물골 출신 승배도 해병대 늠름한 모습으로 그의 어머니 품에 안겼다. '포탄이 멈추고 밤의 적막이 찾아오면 어머니의 따듯한 밥 한 그릇이 사무치게 그리웠다'고 했다.

"죽음의 포탄이 내 머리 위를 스쳐 지나갈지라도 국가를 위해 저는 총을 놓지 않겠습니다."

그는 말했다.

붉은 별이 있는 인민공화국 기를 보면 피를 연상해 섬뜩했다. 심지어 마당가에 핀 붉은 백일홍을 보고도 놀랐다. 백일홍은 난리 통에 억울하게 죽은 시체에서 썩는 냄새를 맡으며 고개 숙이고 백일을 참아왔다.

인민군은 후퇴하면서 성직자, 군인·경찰 가족, 땅 많고 돈 많은 부자들을 부르주아 반동분자라 싸잡아서 도청 뒷마당 방공호 앞에 무참히 학살하고 북으로 도주했다.

준호는 도청 뒷마당에 가보았다. 혹시 경찰 간부인 외삼촌이 잡혀 변을 당하지 않았나 하는 의구심 때문이었다. 유족들이 울며불며 남편이나 아내, 아버지·아들을 찾고 있었다. "획~고린내?" 시신 썩는 냄새가 코를 찌른다. 피비린내 때문에 손으로 코를 막았다. 먼저 눈에 띄는 것은 타박상을 입거나 칼로 찌른 곳, 총상을 입은 곳이 먼저 썩어 들어갔다.

빨갱이가 죄 없는 양민들 살육하고 도망쳤다. 그래도 고향엔 소양강이 흐르고 정든 곳이다. 지금 이 순간에도 공산 치하를 생각하며, 이를 가는 사람들이 있겠지만 그래도 절망 가운데 희망이 있다. 준호가 서 있는 곳은 어디나 세상의 중심이다. 그의 생명이 끝날 때까지 그의 고향은 유일한 선택, 고향은 결코 그를 버리지 않을 것이다. 전쟁이 휩쓸어 갔어도 여전히 고향은 어머니 품 같은 곳이다.

외삼촌은 대머리에다 코 밑에 점이 있었다. 엎어져 있는 시신, 거꾸로 놓인 시신, 눈을 부릅뜨고 죽은 시신, 가지각색 모양으로 남녀가 겹쳐서 뒤엉킨 시신들이 아무렇게나 널브러져 있다. 여름 날씨라 하루 이틀을 지났는데도 온몸이 뚱뚱 부어오르고 검게 썩어들어가고 있었다. 다행히 외삼촌 시신은 찾지 못했다.

역사여, 저 극악무도한 독재자를 언제쯤 무덤 속에 파묻어 버릴 것인지 말해다오? 몸은 죽고 영혼은 하루 이틀 머물다가 하늘나라로 올라갈까? 너무나 원통하게 죽어 시신 옆을 떠나지 못할 것만 같았다. 준호가 죽은 사람 얼굴을 들여다볼 때, 그 혼은 "억울해요, 억울해" 부르짖으며 옆에서 맴돌 것만 같았다. 화단에 핀 백일홍도 참다 참다 견디다 못해 백일도 채 피지도 못하고 시들고 말았으니 애처롭다.

아! 백일만에 세상이 바뀌었다. 기다리고 기다리고, 바라고 바라던 자유의 날이 드디어 왔다. 석 달 동안, 장년들은 볼 수 없었다. 마루 밑이나 굴속, 벽상 안. 어디에 그렇게 감쪽같이 숨어 지냈을까? 얼음처럼 차디찬 얼굴과 풀어헤친 긴 머리 하며, 옥수수수염처럼 제멋대로 자란 수염으로 얼마나 고통스러운 나날을 지냈는가 알 수 있었다. 기나긴 시간 진저리 치도록 고통스러운 목숨을 이어온 괴로움을 앓았다. 숨어 사느라고 영양 부족으로 누룽지처럼 얼굴이 누렇게 떴지만 웃음이 되살아나고 있었다.

끈질기게 오래 참아 자유를 얻는다. 온전한 정신은 온전한 생각에서 나온다. 생각이 온전하면 중심 잡아야 할 때 중심을 잡고, 분별해야 할 때 분별하고, 섞여야 할 때 잘 섞인다. 자유는 방종이나 변덕이 아니라, 자기 생각을 크게 그리고 마음껏 넓혀가는 것이다. 자유인은 어떤 제도도 구속받지 않는다.

우리 가족만 힘든 게 아니었다. 기둥 같은 아버지, 사랑하는 아들을 잃은 가족도 있었다. 모두 전쟁 후유장애를 앓고 있었다. 아픔과 상처에 묶이지 말고, 참고 견디어 희망의 새날을 맞이하자. '나만 그런 건 아니구나!' 스스로 위로하는 준호였다. 모두 얼마나 저린 마음으로 울고 있을까? 서로 위로하고 위로받을 때 우울증을 이겨낼 수 있을 것이다. 이웃의 고통과 비교하면 그나마 준호는 다행이다 싶었다. 고향 땅에 전쟁이란 큰 환란이 앞질러 갔다. 준호는 가만히 뒤처져 눈치만 보면서 따라갔었다.

관청을 비롯한 큰 건물들은 폭격에 불타고 파괴되었다. 몇 날 며칠을 전쟁으로 파괴된 거리를 손질하는데, 너나 가릴 것 없이 모두 나와 복구하는 데 힘썼다. 나무 조각들을 주워다가 땔감으로 썼다.

전쟁으로 나라를 잃으면 모두가 비참해진다. 그렇게 되지 않도록 나라를 지키고 살려내는 마음이 애국심이다. 그 애국심은 거창한 것에 있지 않다. 작은 것에서부터 시작하자. 세금 잘 내기, 군대 가기, 신호등 잘 지키기, 질서 있게 승차하기, 먼저 인사하기, 이런 소소한 것이 애국심이다.

국가는 부강해야 한다. 군사력이 강해야 평화를 유지할 수 있다. 약하면 먹히고 강하면 산다. 그보다 더 중요한 것은 무한한 가능성이 잠재해 있는 후세들에게 생각하는 힘을 길러 주며 기술 강국이 되어야 한다. 그리고 한 마음으로 모두 뭉쳐야 산다고 준호는 생각했다.

우리는 지금 어디에 서 있는가? 휴전선 155마일로 국토는 그대로 두 동강 난 채, 하늘도 바다도 끊어진 채, 사상도 이념도 갈라지고 역사도 문화도 끊어진 채, 모두 도루묵이 되어 버렸다.

오늘날 우리는 6·25 때 흘린 피, 국군 16만 527명과 유엔군 3만 7천 명, 경찰관 1만 59명, 그리고 인민군 20만여 명, 중공군 30만여 명, 민간인 250만여 명, 이재민 370만 명, 미망인 30만 명, 고아 10만여 명, 이산가족 1천만여 명이 죽거나 상처를 입은 그 위에 슬픔을 안고 살고 있다.

소양강 다리에 수많은 포탄 자국은 6·25때 흘린 저 붉은 피가, 우리의 분노와 슬픔이 사그라지지 않은 채, 아직도 그 후유증을 앓고 있다. 국군 7연대 장병들이 흘린 그 뜨거운 피가 오늘도 유유히 흐르는 소양강이 증인이다. 그래서 더 푸르다. 그날 얼마나 그 빛나는 눈동자들이 찬란한 별이 되었는가. 그래서 이 밤도 별들이 총총히 떠 있다. 어느 이름 모를 골짜기의 백골이 녹아 샘이 되었다. 그래서 샛말갛다. 그들의 뜨거운 마음 푸른 바람결, 이름 없는 무명용사, 그 혼령들은 빛난 햇살이 되어 오늘 저 하늘 높이 살아 있으리라.

70여 년이 지난 지금도 그 악몽이 그대로 살아있다. 북한은

핵미사일로 위협하고 있고, 중국과 우방 미국도 경제적으로 누르려고 한다. 어떻게 하든 지옥 같은 전쟁은 막아야 한다. 그러자면 부자나라로 선진국 대열에 서야만 할 것이라고 생각했다.

아침 해는 봉의산 위로 다시 떴다. 봉황이 날듯이 모두 나랏일을 돕고 백성들이 편안한 세상을 만들자고 오늘도 열심히 일하고 있다. 모든 시민들은 너나 나 할 것 없이 자유와 평화통일을 염원하고 있다.

6·25 전쟁으로 인민군은 엄성바위에서 미군 비행기를 쏘려고 대공포를 설치해 놓았었다. 그들이 후퇴하고 간 뒤, 준호는 엄성바위에 올라가 보았다. 여기저기 기관 총알과 박격포탄이 흩어져 있었다. 그 폭탄으로 동네 친구들이 모여 화약 놀이를 했다. 기관총 알 속에 있는 화약을 빼냈다. 좁쌀 같은 검은 화약을 길바닥에 꾸불꾸불 길게 뿌렸다. 성냥불을 대면 불길이 화약을 따라 후드득 타들어 가는 모습이 재미있었다.

포탄 날개에 붙어있는 다시마 같은 폭약을 떼어냈다. 그 폭약을 기관총 탄피 속에 쑤셔 넣고 불을 댕겼다. 탄피가 이리저리 발광을 하면서 불을 뿜어대는 모습은 아슬아슬 기분 만점이었다. 적당한 장난감이 없는 때라 겁도 없이 포탄을 가지고 놀았다.

수복되면서 영찬네 집은 춘천계엄사령부와 YMCA가 함께 쓰고 있었다. 주일이면 그곳에서 찬송 소리가 들려왔다.

"십자가 십자가 내가 처음 볼 때에 내 맘에 큰 고통 죄 안에….

찬송 소리를 듣고 신기해 준호도 몇 번 가서 설교도 듣고 기도도 했다. 강원 경찰국도 다시 들어왔다. 어머니를 통해 내무서원이 체포하려던 외삼촌은 원주경찰서장으로 승진되었다. 도경찰국 교통과장은 가족이 미처 들어오지 못해 준호네 집에 하숙하고 있었다. 어느 날 사찰과 형사가 준호네 집을 수색했다. 공산당이 도주하면서 도청 언덕에 내버린 서류뭉치 여러 권을 준호가 가지고 와 배낭에 넣었었다. 종이가 귀한 때라 서류 속의 미농지를 휴지로 쓰려고 가지고 온 것이 화근이 되었다.

그 서류는 다름 아닌 도내 공산당 가입 문서였다. 준호를 보고 공산당 간첩이라고 했다. 한문을 모르는 그는 아무 생각 없이 집어 온 것이 탈이었다. 사찰과에 몇 번 불려 들락거리며 심문을 받았다. 이런 딱한 사정을 들은 교통과장은 사찰과장에게 학생이 모르고 한 일이니 선처해 달라고 부탁해 풀려났다.

경찰에 불려 다니며 혼쭐이 났지만 자부심을 갖자. 시대의 흐름을 긍정적으로 바라보자. 자유주의에 대한 믿음과 사랑을 갖자. 스스로 나를 중요하게 생각할수록 특별한 존재인 것이다.

준호 어머니는 검찰청에서 호출했다. 한 달 남짓 인민군 전리품을 지켜준 것과 군량미를 여러 번 날라준 것이 문제였다. 부역지로 죄를 씌웠다. 다행히 검찰청장에게 돌려준 달력 덕택에 간신히 풀려났다. 정직함이 구해주었다. 세상이 바뀔 때마다 계절 바람에 억새풀 흔들리듯 이쪽저쪽에서 백성들만 고통받았다.

높새바람이 불면 억새풀은 남쪽으로 누워 운다. 비가 오면 더 울다가 다시 누웠다. 마파람이 불면 북쪽으로 누워 울다가 바람보다 먼저 웃는다. 비를 몰고 오는 남풍에 나부끼어 억새풀은 만세를 부르며 눈물을 흘렸다. 그 눈물들이 흘러 한강이 되고 자유대한이 되었다. 이렇게 죄 없는 백성들만 이리 치이고 저리 맞아 고통을 받았다.

성탄절 다음날, 사복을 한 낯선 청년이 준호를 찾아왔다. 군 첩보대에서 나왔다고 했다. 마침 이웃에 사는 상운이가 놀러 와 있었다.

"백미 두 가마씩 주겠으니 금화지구 정보를 수집해 올 수 있겠나?"

어머니가 만류하는데도 두 친구는 애국하는 길이라며 자원했다. 옛날에는 그 나이에 호패를 차지 않았던가? 인민군에 끌려가지 않는 것만으로도 다행히 여겼다. 국가를 위해 보람 있는 일을 해야겠다는 생각으로 의기양양해 있었다.

내 또래로부터 60대 노인까지 20여 명이 모였다. 일제 도요타 트럭을 타고, 북파공작원을 양성하는 7연대 첩자부대로 갔다. 육하원칙과 독도법을 1주일 가르쳤다. 금화군 적진 속으로 몰래 들어가 부대 규모와 탱크·대포 등 중장비 상태를 파악해 오라는 스파이 임무였다.

적정을 미리 알려면 반드시 간첩을 보내야 한다. 간첩은 뛰어난 지혜가 있어야 한다. 바지 끝단속에 첩보요원이라는 증서를 넣었다. 암호는 '성탄절~ 쏜타'로 정했다. 피란민으로 변장해 다음 날 스리쿼터를 타고 전방으로 갔다. 바로 그날 밤 중공군이 사창리까지 밀고 내려왔다.

화천 사창리는 삼태기처럼 생긴 좁은 지형이었다. 압록강까지 갔다 온 국군과 영변 전투에서 후퇴한 미군 및 영국군 탱크, 많은 기계화 부대들이 모여 있었다. 아군 1개 대대가 전방을 방위하고 있었다. 점심때가 되자 방어 임무보다는 밥해 먹기에 바빴다. 이 틈을 노리고 있던 중공군 63군 3개 사단이 포위 작전을 펼쳤다. 항상 적이 공격해 오리라 준비가 되어 있어야 한다. 아군의 큰 실수는 감히 적이 공격해 오지 않으리라 방심한 것이었다.

중공군은 주둥이가 술병같이 생긴 좁은 화천 가는 길을 기관총으로 가로막았다. 총지휘했던 양용楊勇은 모택동 작전을 시행했다. 산등성이를 타고 전투 운동전을 전개하면서 부분적으로 아군진지 깊숙이 들어가 유격전으로 혼란에 빠뜨렸다. 주간에 대담한 근접전과 백병전을 속전속결 전개했다. 점령한 고지는 일개 중대씩 배치해 포위 작전을 전개했다. 중공군은 포위하면서 슬그머니 서북쪽을 터 주었다.

그 후에야 깜짝 놀란 아군부대들은 어디에 대고 포를 쏘며, 게다가 좁은 구유골에 전차마저 운신하지 못했다. 차들이 서로 뒤엉켜 빠져나갈 수 없게 되었다. 중화기를 모두 버리고 맨몸으로 37도선까지 후퇴하라는 명령이 하달되었다.

화천읍으로 갈 길은 막혔다. 준호는 두 명의 국군 병사와 함께 산 계곡으로 무작정 숨었다. 의논한 결과 포위망이 히술한 서북쪽인 광적산으로 가다가 몽덕산을 향해 정신없이 뛰고 잠깐 쉬었다. 전나무 사이로 누나 눈썹 같은 조각달이 얼굴을 비추고 있었다. 갈증이 심해 바위에 쌓인 눈을 뭉쳐 먹었다.

추위를 참으며 큰 바위 밑에서 쉬고 있었다. 그때 희미한 달빛 아래 내려다보니 백여 미터 거리에 큰 부대로 끝이 보이지 않을 만큼 많은 중공군이 집다리골로부터 홍지기고개를 넘어 가평을 향해 나가고 있었다. 우리 일행은 소나무 가지가 길게 뻗친 것을 보고 남쪽을 향해 갔다. 무작정 춘천을 향해 넘어지고 구르며 또 걸었다. 지친 심신이 소금에 절인 배추처럼 되어 꿈속인지 현실인지 헤매며 억지로 정신을 차렸다. 반드시 죽고자 하면 죽을 수 있고, 반드시 살고자 하면 살 수 있다는 각오로 걸었다.

다음 날 새벽에 가덕산을 넘어 삿갓봉 골짝을 내려오니 드디어 춘천 오월리였다. 집결지인 춘천농업고등학교에 천신만고 끝에 포위망을 뚫고 겨우 살아서 돌아왔다. 6사단 병력은 3분의 2로 줄었다. 급히 용문산에 가서 방어했다.

중공군 주력부대가 춘천 방향으로 올 줄 알고 국군은 방어했다. 그러나 뜻밖에 작을 길을 택해 충령산과 현리를 거쳐 청평~양평 용문산으로 향해 나가고 있다.

11
1·4 후퇴

1951년 새해를 맞이했다. 해야 해야 솟아라 전쟁의 상처 치유하고 붉은 해야 솟아라. 축복처럼 떠오르는 평화를 너와 나의 가슴 속 깊이 붉은 해야 솟아라. 해야 해야 솟아라 새 희망 가득 품고 붉은 해야 솟아라.

양력 명절을 막 쉰 정월 초사일, 오경구 하사는 중사로 승진해 우리 집을 찾아왔다. 큰길에 군용차를 세워 놓고, 급히 차에 타라고 재촉했다. 영문도 모른 우리 가족은 이불과 양식 등 필요한 물건만 챙겨 군인 짐차에 올라탔다. 원창고개를 넘어가는 길은 꼬불꼬불 자동차로 불야성을 이루었다. 홍천읍에 왔다. 더 갈 수 없으니 여기에 내리라고 했다. 준호네 가족은 무조건 남쪽을 향해 걸었다.

오 중사는 초산까지 진격해 들어갔었다. 압록강물을 수통에 받아 이승만 대통령께 드린 그 부대였다. 통일이 눈앞에 보일 때 중공군 12만 명이 압록강을 넘어 인해전술로 포위 작전을 전개했다. 후퇴를 거듭해 후퇴한 6사단에서 오 중사는 구사일생 살아서 돌아왔던 것이다.

우리 가족은 걷고 걸어서 삼마치 고개를 넘으려니 눈이 한길이나 쌓였다. 그 길을 남부여대男負女戴, 피란민 행렬이 끝없이 이어지고 있었다. 눈 덮인 길은 미끄러웠다. 준호네 식구는 조심조심 걸어서 고개 중턱에 이르렀다. 그때 갑자기 포격이 시작되었다. 여기저기 포탄이 떨어졌다. 갑자기 당한 일이라 피란민들은 우왕좌왕했다. 그대로 생지옥이요, 아비규환이었다. 예감이 좋지 않았다. 있는 자리에서 급히 옮겼다.

"퍼~ㅇ ~퍼~ㅇ."

포탄이 준호가 서 있던 그 자리에 떨어졌다. 반사적으로 도랑 밑에 엎드렸다. 순간적으로 삶과 죽음이 갈렸다. 곳곳에 구덩이 파이고 여기저기 시체가 쓰러져 있다. 흰 눈 위에 점점이 붉은 피가 물들었다. 이 끔찍한 광경을 어찌 글로 다 표현하랴. 그보다 눈물겨운 광경은 부상 당한 엄마가 울고 있는 갓난아기에게 젖을 먹이고 있었다. 다리에서는 피가 흘렀다. 헝클어진 머리와 찢어진 치마폭에 아기를 안고 있었다. 죽은 엄마 곁에서 울부짖는 남매도 보았다. 여자아이는 엄마 옆구리에서 흐르는 피를 손으로 막으며 울었다. 그 남매를 도와주지 못하고 가야 하는 준호는 발걸음이 내키지 않았다.

이런 엄청난 포연 속에서 죽어가는 생명들을 뒤로하고 준호만 살려고 도망치듯 나왔다. 하루를 더 살아도 부족하고, 하루를 덜 살아도 아쉽구나. 그날의 사건을 산자는 죽은 자를 증언하고, 죽은 자는 산 자를 고발해라. 목숨은 이렇게 비열했다. 이런 한 많은 영혼들은 원치도 않은 차가운 눈밭에서 숨을 거두며 허공을 떠돌겠지.

민간인 복장을 한 적군이 피란민 틈에 끼어 넘어오고 있었다. 선발대 중공군도 피란민과 뒤엉켜 죽은 것이다. 우리 가족은 무사했다. 언제 이런 불행을 당할지 모르는 순간을 사는 하루살이 목숨이었다. 죄 없는 백성들이 왜 끔찍하게 죽어가야 하는지 알 수 없는 수수께끼였다. 그것도 아군의 포단에 죽어야 하니 너무 억울했다. 죄없이 죽어가는 그들의 장례식을 치르지 못해, 내 삶의 장례식이 될지도 모겠다. 생과 사는 찰나에 결정되는 것이구나.

"아무리 애타게 찾아도 보이지 않고, 크게 소리쳐도 대답이 없으시네요. 위급한 현장에 어디에 계신지요. 이 폭격을 막는 데 밤새 목놓아 운다면 그렇게 하겠습니다. 이 자리에서 무릎 꿇고 기도하겠습니다. 눈보라 치는 산마루에서 행여 주님 오시려나 사방을 두리번거립니다."

지금 바로 여기, 폭탄이 작렬한다. 그가 서 있는 이곳이 생지옥이구나? 생명과 죽음의 갈림길에 서 있다. 살면 천국이요 죽으면 지옥으로 떨어지는 것일까? 이 난리 속에서도 감사와 희망을 갖는다면 지옥이 아닌 천국일까? 재미있어 사나. 혹여 내일은 재미있는 줄 알고 속으며 살지. 어느 신도는 소나무 기둥을 잡고 기도하고 있었다.

"하느님! 너무하십니다. 작년에는 그 뜨거운 여름에 옥수수를 가마솥에 넣어 찌듯 백성들을 찜통에 넣어 흔들었습니다. 얼마나 많은 생명이 죽었습니까? 그도 시원치 않으셨는지요? 올해 정초부터 차가운 냉동실에 처넣어 얼린 동태처럼, 눈 위에서 얼어 죽고 포탄에 맞아야 직성이 풀리시겠습니까? 제발 멈추어 주세요."

폭탄이 우박처럼 쏟아지는 속에서 살아남는다는 것은 기적이다. 내 목숨이 어떻게 될지 과연 아침에 살아서 깨어날 수 있을지 준호는 내일이 있을지 걱정하며 살았다. 지금 이승과 저

승 사이 발목 하나 걸치고 오락가락하고 있다. 바로 그때 이승으로 발목을 힘차게 잡아주는 손, 바로 하느님의 강한 오른팔이었다. 준호는 그렇게 믿었다.

쏟아지는 눈발, 한 줄기 빛도 향기도 없이 지난날 잃어버린 추억의 실마리기에, 산에도 들에도 쌓여 내 슬픈 몸이 흰 눈 밟으며 도망치듯 달아나고 있다. 피를 흘리며 죽어가는 사람들 모습이 환영처럼 보인다. 도움이 필요한 죽어가는 사람들을 보고도 도망쳐 나왔다. 마음이 찜찜하다. 왜 그럴까? 감동한 대로 몸이 움직이지 않았기 때문이다.

피란민들 밀물되어 몰려가는 길을 이리저리 비켜 가면서 헤쳐 나갔다. 잠깐 소변을 보는 사이에 어머니 일행이 보이질 않았다. 그는 뛰다시피 부지런히 걸었다. 눈에 보이는 것은 하얀 눈뿐, 들판도 산 위에도 온통 눈뿐이다. 길은 미끄러운데 설상가상雪上加霜으로 하늘에서 함박눈이 펄펄 내려온다. 인생의 날씨도 수시로 변하는 것일까? 밤낮이 다르고 철 따라 달라진다. 내가 원하는 대로 날씨를 만들어 낼 수 없다. 하늘의 뜻이니 순종하며 열심히 걸었다.

"으호아!" 동생 이름을 불러보아도 침묵뿐 가족을 잃은 절망감, 이 세상에 혼자뿐이라는 공포가 서서히 스며왔다. 히는 수 없이 마을로 내려와 논 위에 피워 놓은 장작불에 발을 녹이고 몸도 쉬었다.

눈물과 콧물이 범벅이 되었다. 콧물을 "힝~" 하고 풀었다. 등 뒤에서

"형아 저기 있다."

동생 은호의 음성이 들렸다. 순간에 이산가족이 될 뻔했다. 끝없이 눈발 날리는 허허로운 벌판이다. 목숨을 보전하려고 무작정 안전한 남쪽을 향해 가고 있다. 저 멀리 꾸불꾸불 신작로가 달려오고 있다. 생명은 깃발처럼 눈보라 속에 나부낀다. 눈 속에는 어릴 적 추억이 있고 눈 속에는 애수가 깃든다. 구원의 손은 눈보라 타고 오는 것일까. 눈은 융단같이 쌓이는데 흰 눈 지러 밟고 그들 가족은 걸으며 걸으며 앞으로 나갔다.

준호네 가족은 외줄기 길, 오로지 원주를 향해 남쪽으로 벋은 얼음 위를 걸었다. 여섯 살짜리 동생 은호가 팔만 휘둘렀지 걸음을 걷지 못했다. 발등이 퉁퉁 부어올라 복숭아뼈가 보이질 않았다. 어머니는 이불 봇짐 위에 동생을 지고 갈 수밖에 없었다. 하루 밤낮을 걸어 원주 시내에 들어섰다. 길가 집에 들어갔다. 소를 잡아먹고 소머리만 버리고 갔다. 소가 눈을 뜨고 "머~ㅇ" 하고 달려들 것만 같았다. 그 고기를 몇 점 뜯어 국을 끓여 먹었다.

갑자기 시내가 온통 총소리로 생밤 터지듯 요란했다. 적군이 금방이라도 앞에 나타날 것만 같았다. 시커먼 불기둥이 고모라성 같이 하늘 높이 치솟아 올랐다. "쾅~쾅" 날벼락 치는 소리가 귀를 때렸다. 아군이 후퇴하면서 화약고에 불을 지른 것이었다. 부랴부랴 먹던 밥을 치우고 원주역으로 향했다. 마침 남쪽으로 떠나가는 화차를 탈 수 있었다. 마지막 기차라고 한다. 곡간 차 안에는 피란민들이 보따리를 깔고 올챙이 모이듯 옹기종기 모여 앉아 있었다. 사람들 사이에 비비고 앉았다. 자리가 없는 사람은 지붕 위에도, 난간에도 감 달리듯 다닥다닥 붙어있었다. 살려고 하는 집념, 자유를 찾아가는 행렬은 이처럼 처절했다.

　기차는 기적을 울리며 떠났다. 치악산 똬리굴로 들어갔다. 힘에 겨운지 기차는 느릿느릿 올라갔다. 굴뚝에서는 시꺼먼 석탄 연기를 쉴 새 없이 뿜어냈다. 탄재도 날아들었다. 문짝도 없는 곡간 차였다. 코가 맵고 가슴이 답답했다. 수건으로 코와 입을 막았다. 한동안 무덤 속 같은 어둠에 갇혀 있었다. 어두운 굴속에서 기차는 훤한 밖으로 나왔다. 앞사람 옆 사람 누구 얼굴 가릴 것 없이 검둥이로 새카맣게 그을려 있었다. 피란 열차는 가다서다를 반복한 이틀 후 제천역에 도착했다.

　피란 열차는 잠시 쉬었다 가려니 했다. 하루 이틀 사흘이 지나도 기차는 움직이지 않았다. 준호 어머니는 화차 속에서 몸살이 났다. 열이 오르고 온몸이 쑤신다고 했다. 깊은 물 속에서 헤매는 것 같았다. 낮이고 밤이고 꿈결처럼 들려왔다. 탁류에 헹군 옷처럼 후줄근하게 누워 있다. 동생 은호를 짐 위에 지고 백리 길을 걸었으니 몸과 마음이 파김치처럼 지쳐 있었다. 하는 수 없이 가까운 민가에 들어갔다. 모두 피란 가고 집안은 텅 비어 있있다. 이랫목에 힘없이 누워 있는 어머니를 바라보았다. 만약에 돌아가신다면, 낯선 타향 땅에서 우리 심남매는 고아가 되고 말 것이다. 어찌하면 좋을까? 겁이 털컥 났다. 눈물이 핑 돌았다. 전쟁 통이라 약도 구할 수 없는 형편이었다.

　흰 눈 덮인 들에는 나무 한 개비 구할 수 없었다. 아궁이에 벼 짚단을 태웠다. 입김으로 불길을 "호호" 부니 매운 연기가 코로 눈으로 들어왔다. 급하면 하느님을 찾았다. 기도드리고

싶은 마음이 생겼다. 준호는 기도하는 법을 몰랐다. 그저 두 손을 모으고,

"하느님, 우리 엄마 살려주세요. 꼭 살려주세요. 네!"

아궁이에서 나오는 연기에 눈을 비벼가면서, 이 한마디를 반복하며 간절히 기도했다. 울컥 치민 울음이 뜨거워 어깨가 흔들렸다. 눈이 뻘겋게 부어 방에 들어온 그를 본 어머니는 말했다.

"나를 위해 기도했구나. 염려 말아 곧 일어나게 될 터이니… 어느새 어미 아픔을 제 눈물로 씻어 낼 줄 아는 나이가 되었구나."

어미의 아픔을 알고 대신 울어 줄 아들의 모습이 대견해 아픔의 한순간이 녹아내렸다. 누구나 병에 걸린다. 절망하지 않고 기도했더니 다행히 며칠 후 어머니는 굼닐게 되었다. 병을 통해 어머니가 얼마나 귀중한지, 서로 의지하는 힘이 얼마나 귀중한지 알게 되었다. 그리고 준호가 기도한 하나님께 생명을 맡겨 버리니 마음이 편안했다. 병은 양약일 뿐 아니라 신과 만나는 통로가 되었다.

어려울 때, 이런 생각은 어머니 사랑의 힘이다. 인생의 거친 바다 위를 힘차게 항해하는 동력이다. 사랑은 어두운 곳에서 밝은 곳으로, 절망을 희망으로, 불행을 행복으로 바꾸어 나아가게 한다. 전쟁 통에 사는 것이 어렵고 힘들어도, 어머니의 사랑을 떠 올리면, 모든 어려움은 봄눈 녹듯 사라지고, 마음에 평화와 용기가 다시 충전되었다.

그날 오후에 미군 흑인들이 부락을 뒤지며 돌아다니는 것을 보았다. 직감이 좋지 않았다. 직감은 그 한순간의 스침이다. 섬

광 같은 빛이다. 급히 어머니와 누나를 헛간으로 피신시키고 볏짚단으로 가렸다. 벌써 흑인 병사 서너 명이 마당에 들어섰다.

"색시~ 색시, C~B C~B 해부에스."

준호에게 총을 겨누며 엄포를 놓았다.

"NO~ NO~"

연거푸 소리치며 손사래를 내저었다. 처음 보는 흑인이라, 새까만 오지항아리 얼굴에 달걀 흰자위 눈이 유난히 빛났다. 구척장신에 그놈이 그놈 같아서 구별되지 못했다. 흑인 병사들은 워커 구두로 안방, 사랑방과 부엌, 드디어 헛간을 들여다보려는 순간이었다. 준호 심장이 쾅쾅 뛰기 시작했다.

"휙~ 휙~ 휙~."

이때 어디선가 호루라기 소리가 들렸다. 그 소리에 헌병이 오는 줄 알고 그들은 꽁지야 빠져라, 후닥닥 도망을 쳤다. 겨우 위험한 고비를 넘겼다. 다리가 후들후들 떨렸다. 뒤돌아보니 동생 은호 목에 호루라기가 걸려 있었다.

최전방에서 살아남기 위해 여자들은 두더지처럼 숨어 살아야만 했다. 우리 가족은 살아남기 위한 나날들을 살얼음 건너듯 했다. 최전방은 고요한 바닷속이다. 그 바닷속을 휘젓고 다니는 흑인 병사들은 정어리를 잡아먹으려는 상어 떼들이다.

법 없는 사각지대, 텅 빈 공간인 제천은 지도상 37도로 최전방 전투저지선이었다. 북에서는 총부리 겨누며 나오고, 남에서는 여자 사냥하기에 정신 팔렸다. 부랴부랴 봇짐을 챙겨 제천역으로 달렸다. 다행히 기차는 떠나지 않고 그대로 서 있었다. 기차에서 내려 아침밥을 짓고 있을 무렵, 그때 기차는 움직이기 시작했다. 밥을 짓던 누나는 울며불며 뛰었다. 무정한 기차는 누나를 두고 남쪽을 향해 떠나갔다. 죽령에서 가로막고 있는 공비를 물리치고 급히 떠나야만 했었다.

누나 생각에 가슴이 메었다. 마치 상어 떼가 들끓는 바다에 버리고 온 정어리 같은 위험지역에서 어떻게 살아남을지 걱정이었다. 누나의 치마폭을 잡고 사탕 내놓으라고 떼를 썼던 철부지였다. 어머니가 매를 들면 누나 등으로 피했었다. 누나의 사랑을 흠뻑 받으며 자란 준호였다. 누구나 마음의 상처를 받는다. 흔히 인생의 큰 상처는 배신, 이별 그리고 죽음이라고 한다. 죽음 다음으로 아픈 것이 이별이다. 누나와의 생이별은 그의 가슴속 깊이 슬픔을 남겼다.

누나와의 이별이 여울처럼 슬프다. 울고 또 울어도 모자란다. 그렇다고 마냥 슬픔의 강에 빠져있을 수는 없다. 슬픔을 안으로 깊숙이 삼키고 눈 내리는 황량한 들판에 희망의 꽃씨를 뿌려보자.

하느님! 1·4 후퇴는 무슨 뜻입니까? 더 크고 깊은 뜻이 있습니까?

생명은 신비롭고 귀한 것입니다. 역사의 심판은 준엄합니다. 죽음은 삶의 시작입니까? 후퇴는 새 세대의 어떤 약속이 담겨있는지요? 우리 민족이 몽땅 망하지는 않습니다. 나뭇가지가 부러지면 상처를 안고 자라듯 우리 백성들도 타격을 받고 피눈물을 흘리지만 새 시대의 국민으로 자라고 있겠지요. 죽음 후에 새 생명이 태어납니다. 씨가 떨어지면 나무가 자라고, 비가 스며들어 샘이 떠집니다. 6·25전쟁, 1·4 후퇴 모두 백성들이 매

맞는 환란이지만 그 속에 희망이 있고 새 생명이 자라고 있을까요?

낯선 안동 땅을 밟았다. 발길 닿는 대로 걸었다. 갈 곳도 반겨줄 사람도 없는 막막한 발길이었다. 가보지 않은 땅을 밟았다. 산 넘어 강 건너 생전 가보지 않은 땅인 안동에 왔다. 삶은 언제나 새로운 도전과 모험을 요구하는 것일까? 우리 가족이 멈추어 선 곳은 뾰족 탑, 성당이 산등성이로 보이는 기와집 골이었다. 해는 뉘엿뉘엿 넘어가는데 준호네 가족은 담 모퉁이에서 오들오들 떨고 서 있었다. 저녁 준비로 진저리 꾸러미를 들고 지나가는 아주머니가 있었다.

"피란민인겨?"

"갈 곳이 없어서요…?"

어머니가 힘없이 말했다. 집주인이 피란 갔으니 올 때까지 사랑채에 살라고 했다. 이런 고마운 분이 있나. 그 아주머니를 따라갔다. 우연이란? 하느님이 모습을 숨기고 행하는 기적이었다. 옛날 기와집이었다. 어머니가 아끼던 금반지를 팔아 쌀을 샀다.

실을 에는 듯한 겨울도 봄바람에 저만치 도망갔다. 전쟁 중인 이 땅에도 새봄이 왔다. 뒷동산에 올라갔다. 3월은 하늘과 땅, 산과 강이 온통 기지개를 켰다. 봄은 성큼성큼 걸어 나오고 있었다. 바람은 아직 찬데 땅 위로 파릇파릇 새싹이 돋아나고 있었다. 땅속에 누가 있기에 파란 싹을 쏙쏙 올려 내밀고 있을까? 전쟁 중에도 노란 꽃다지가 피었다. 봄은 샤갈의 그림이며, 잔잔히 흐르는 브람스의 음악이다.

준호는 심심도 하고 새 길을 익힐 겸 걷다가 새로운 풍경을 발견했다. 장마당에서 '하회별신굿판'이 벌어졌다. 하회탈을 쓰고 춤을 추고 있다. 지나온 세월 서러운 눈물을 감춘다, 가슴에 품은 한도 감춘다. 모두 감추고 춤을 춘다.

"얼~수 얼~수."

굿거리장단에 맞추어 춤사위가 벌어진다. 훔치고 싶은 건넛마을 과수댁 그 아릿거리는 몸매도, 엉큼한 마음도 바짓가랑이에 감추고 "얼~수 얼~수", 하늘 보고 훨훨 땅을 차고 팔짝, 꽃 피는 이유도 새가 나는 이유도 모른다. 하회탈 뒤에서는 모두 망각된다. 걱정이 비수 되어 온몸을 찔러도 저녁쌀이 떨어져도 얼굴만 감추면 그만인 것을, "얼~수 얼~수" 춤을 춘다. 구경꾼들은 "허허허, 호호호, 히히히, 후후후, 까르르, 깔가깔." 웃음과 함께 걱정도 봄바람에 모두 날려 보내고 있었다.

이 땅에 약속처럼 봄소식이 손짓하며 달려오는 모습이 아지랑이 속으로 보이는 계절, 고향의 봉의산을 그려 본다. 산마다 굽이치는 새봄의 기운, 소양강에 출렁이는 새봄의 환희! 언제 고향에 돌아가 친구들도 만나고 학교도 다닐는지? 까마득한 북쪽 하늘 바라보았다. 풍문에 국군이 북으로 진격한다는 반가운 소식 들려온다. 준호는 빨리 고향으로 가자고 어머니께 졸랐다. 어디쯤까지 전진했는지, 라디오나 신문이 없으니 눈뜬장님이요, 귀머거리였다. 집주인이 온다기에 그의 가족은 봇짐을 지고 고향으로 향했다. 하룻길을 걸어 영주로 가는 제비마을에 도착했다. 동산 앞에 큰 부처가 돌갓을 쓰고 서 있다. 준호는 신기해서 부처님께 물어보았다.

"그 무거운 갓은 왜 쓰고 계시나요?"

부처는 빙그레 웃었다.

"너희들이 진 죗값으로 무거운 인과응보니라. 생선에 염장을 질러야 맛과 신선도를 유지하듯이 고통에도 그 뜻이 있느니라. 그 뜻을 깨달아 받아들이면 고통 너머에 평화가 있느니라."

그는 봇짐을 내려놓고, 돌 위에 앉아 물끄러미 돌부처를 쳐다보았다. 이 전쟁은 언제 끝나려나, 말세려나. 우주의 중심축에 굳건히 눌러 서 있는 그 자세. 왜 부처는 귀가 유달리 큰가? 귀가 셋이라고 했다. 사람의 귀는 외이, 중이, 내이의 세 부분으로 이루어져 있다. 들리지 않는 소리를 들으려면 경청해야 한다. 하늘의 소리는 그것을 섭리攝理라고 한다. 돌부처는 말했다.

"귀가 열리면 하늘의 소리를 들을 수 있지. 번개소리에도 없고 대포소리에도 천상의 음성은 없다. 미세한 바람 소리를 들어보아라. 마음이 깨끗한 자만이 들을 수 있느니라."

"자비로우신 부처님, 왜 많은 사람들이 죽게 내버려두십니까?"

"더 많이 죽을 것을 이 두 손으로 막고 있지 않느냐? 갑자기 나타나는 현실이란 없는 것이다. 오늘의 시련은 다만 어제의 결과일 뿐이다. 역사의 길은 크게 두 살래로 나누어진다. 자랑스러운 역사의 길, 부끄러운 역사의 길. 사람의 길도 마찬가지니라. 오늘 남긴 발자국 하나하나가 면면히 이어져 자기의 길이 된단다. 넌 전쟁 통에 바르게 살아라."

"왜 부처님은 전쟁으로 죽어가는 사람들을 위해 아무것도 하지 않은 채 서 있기만 하시나요?"

"그래서 내가 너를 전쟁 현장에서 보게 하지 않았느냐? 너는 무엇을 했느냐?"

준호는 삼마치 고개의 비참한 광경을 떠올리며 죽어가는 사람들에게 무관심한 것을 생각하며 고개를 숙였다.

"부처님, 제게 경계해야 할 말씀이 있다면 해주세요."

"술과 돈, 그리고 여색이니라."

부처님 말씀을 가슴에 안고 다시 길을 떠났다. 중요 도로마다 보초 막이 서 있다. 밤에는 패잔병이나 공비들이 출몰하고 있단다. 어느 전투 경찰관이 말을 건넸다.

"어디로 가는 피란민이요?"

"춘천으로 가요."

준호는 무심코 대답했다.

"춘천이요, 춘천!"

보초 막에서 뛰어나오며 반겼다. 그 경찰관도 고향이 춘천이란다. 고향 까마귀만 보아도 반갑다는데 춘천고등학교 2학년 재학 중에 이곳까지 왔다고 했다. 우연이란 하나님이 인간에게 몰래 내주시는 선물이다. 며칠 쉬어가라며 방을 구해주었다. 저녁쌀을 구하려고 마을로 들어갔다. 김 순경은 동구 밖에서 카빈총을 "팡~ 팡" 쏘았다. 준호보고 쏘아보란다. 호기심에 앞산에다 대고 선 자세로 쏘았다. 반동도 그리 크지 않고 목표물에 명중했다. 동네 어귀에 들어서면서 총을 쏘는 이유는 경찰이 간다는 신호였다. 대문을 열고 들어가면서

"쌀 좀 주세요?" 말이 끝나기 무섭게 그가 들고 간 자루에 한 되 쌀을 넣어주었다. 대여섯 집을 돌아다녔다. 쌀 반말을 지고

왔다. 그곳에서 사흘 묵었다.

　김 순경과 고향에서 만나자는 말을 남기고 이별했다. 이별은 다시 만나자는 약속이었다. 일제 도요타 군인 트럭을 태워주어 원주로 가는 길이었다.

　내가 우연히 만난 사람 중에 김 순경처럼 따듯하게 대해 주는 분은 오래 기억에 남는다. 준호도 친절해서 만나는 사람마다 마음에 따뜻한 정이 흘러서 좋은 느낌으로 오래 가슴에 머물렀으면 한다.

　죽령에 접어들었다. 비포장도로로 먼지를 날리며 굽이굽이 나사못처럼 빙글빙글 돌아서 올라갔다. 고개 주변에는 며칠 전 전사한 시체가 여기저기 묻혀 있다. 죽은 병사들의 팔다리가 삐죽삐죽 나와 있다.

"나 좀 살려주어, 나 좀 살려주어…"

　손을 흔들며 애타게 하소연하고 있다. 뒤통수가 서늘하다. 얼마나 치열한 전투가 벌어졌는지 무서움에 휩싸여 있었다.

　죽령 정상 부근에서 잠시 쉬어가기로 했다. 그곳에 희방폭포의 물소리가 들렸다. 희방폭포에서 흐르는 물에 손을 씻었다. 포화 속에서도 여전히 물은 살아서 움직였다. 높은 곳에서 낮은 곳으로 쉴 새 없이 흐르고 있었다.

　가파른 층계 오르면 구름다리, 구름다리 위로 둥실 물기둥 걸렸네. 소백에서 으뜸가는 절경이구나. 연화봉에서 발원하여 수십 굽이 돌고 돌아 천지를 진동하니 보는 이로 넋을 잃게 하누나.

　서거정은 말했네, 하늘에서 내려와 꿈속에서 노니는 곳이라고. 나도 신선 되어 잠깐 즐겼네. 떨어지는 물줄기 바라보며 새 희망 꿈꾸었네. 아~ 이 상쾌함이여! 나도 폭포처럼 소리치고 싶어라.

폭포 물가 나뭇잎에 배가 새빨간 무당개구리가 앙증맞게 앉아 있다.

"너도 살아 있구나! 얼마나 놀랐니?"

살아있는 생명은 모두 반가웠다. 죽령 정상에서 바라보는 소백산은 연화봉과 비로봉, 국망봉으로 이어지는 산세는 웅장하고 부드러웠다. 전쟁이 끝나면 봄에 붉은 철쭉으로 갈아입는 소백산을 상상하며, 산행하고 싶었다. 그의 마음은 고향으로 간다는 기쁨에 들떠 산천초목도 반기는 듯했다.

12
구걸하는 피란생활

피란 짐을 지고 횡성 공근면에 닿으니 어둑어둑 해는 지고 배가 몹시 고팠다. 마침 미군부대 철조망 너머로 노무자로 보이는 아저씨들이 저녁밥을 한창 먹고 있는 때였다. 염치 불고하고 어머니는 "밥 좀 주세요."라고 말했다.

고마운 아저씨 한 분이 흙 담는 부대에 한 삽 푹 퍼 넣어주었다. 그의 가족은 길가에 둘러앉아 퍼런 강낭콩이 드문드문 섞인 밥을 맨손으로 움켜 먹었다. 시장이 반찬이라고 생일잔치상보다 더 달게 먹었다. 부대에서 가까운 빈집에서 쉬었다. 아침에 일어나서 어제 먹은 저녁밥을 들여다보았다. 부대 속 흰털이 다닥다닥 들러붙어 있었다.

피란살이에 하루하루 먹고 살기도 힘에 부친다. 힘에 부친다고 그냥 주저앉을 수는 없다. 포기하지 않고 발악을 해보자. 애써보면 살길이 열리리라. 행복도 밖에 있지 않다. 현재의 삶, 내 안에 있다. 남이 가져다주는 것이 아니라, 자기가 이루어가는 삶 깊숙한 곳에서 스스로 만들고 발견하는 것이리라.

미군부대 노무자를 상대로 음식 장사를 했다. 어머니는 손맛깔나게 양배추와 양파를 썰어 넣어 물김치를 담갔다. 달걀가루와 밀가루를 석어 빈대떡도 부쳤다. 남은 밥을 얻어 발효식품 이스트를 고루 섞어 항아리에 넣었다. 며칠 후에 맛을 보니 막걸리가 되었다. 햄과 소시지, 소고기 통조림 그리고 양파를 넣어 끓이는 부대찌개는 일미였다. 노무자들은 오랜만에 한국 음식을 먹으니 입이 가뿐하다고 했다.

그들 입에서 입으로 소문이 퍼졌다. 너도나도 나와서 부대찌개를 사 먹었다. 돈으로 내는 사람, 소고기 통조림으로 바꾸어 먹는 사람, 밀가루를 가지고 오는 사람도 있었다. 전란 속에 동포끼리 서로 돕는 동정심이 작용하고 있었다.

준호는 미군 빨래를 해주었다. 개인 천막 사이로 다니면서 외쳤다.

"런줄리… 런줄리… 크리닝…."

미군은 빨래거리와 비누를 내놓았다. 개울가로 나가 흘러가는 개울물에 빨래를 했다. 돌밭에 말린 후 잘 개서 주인에게 돌려주었다. 세탁비로 1달러를 주기도 하고, 담배와 초콜릿을 주기도 했다. 일정한 금액도 없이 주는 대로 받았다. 이날도 빨래를 받으러 나섰다. 한 병사가 팬티를 건네주었다. 물에 넣고 빠는데 풀같이 허연 액체가 엉켜 있었다. 끈적끈적한 것이 잘 지워지지 않았다. 찬물에 빠니 얼룩져 깨끗하게 세탁되지 못했다. 그 빨래를 가지고 갔다.

"까~뎀, 껜라리히어."

깨끗이 빨지 못했다고 품값은커녕 욕만 먹고 돌아왔다. 개중에 야박한 미군도 더러 있었다.

세탁 거리가 없는 날이면 부대 주위를 한 바퀴 돌았다. 쓰레기장을 뒤지는 것이 그날의 중요한 일과였다. 그곳에는 요술 상자 속 같이 별의별 물건이 다 들어 있다. 황홀하도록 경이로운 보물 창고였다. 주전부리하려면 이곳에 와야 한다. 비스킷, 초콜릿, 캐러멜, 젤리, 껌들로 다양한 간식이 한없이 쏟아졌다. 재수 좋은 날이면 기한이 지난 커다란 소시지 통조림이나, 소고기 통조림도 얻을 수 있었다. 이 통조림들을 먹으면 정신이 번쩍 드는 영양식이었다. 미군이 버린 쓰레기가 준호네 가족에게 별미이기 전에 주린 배를 채우기 위한 절박한 생존이었다. 은박종이를 뜯었다. 설탕과 우유, 쓰디쓴 가루가 들어있었다. 이 쓰디쓴 가루를 왜 먹을까? 튜브를 짜니 흰 액체가 나왔다. 맛을 보니 화하고 달콤했다. 그것은 치약이었다. 전쟁 때에는 거지가 따로 없다. 이런 생활이 거지가 아닌가? 어른은 노무자로, 젊은 여자는 양공주로, 아이들은 모두 거지꼴이 되었다. 우리 불행한 세대는 이렇게 절망과 고난을 딛고 일어섰다. 우리 가족이 살고 있는 집주인 없는 화단에도 철 따라 목단이 활짝 웃고 있었다.

잡지 책도 주워 보았다. 영어는 까막눈이나 그림은 볼 수 있었다. 흰 눈을 이고 있는 산 아래 맑은 호수, 그 옆에 그림 같은 하얀 집…. 내 현실과는 거리가 먼 이야기지만 그림 보는 마음은 꿈을 간직하기에 좋은 책이었다. 미국이라는 나라는 얼마나 잘 사는 나라일까? 지상낙원으로 생각되었다. 대학을 소개하는 책도 있었다. 하버드, 콜럼비아, 버클리대학교 등 많은 대학교 중에 만일 내가 커서 간다면 어느 대학을 갈 수 있는지 행복한 고민도 해보았다.

꿈과 환상의 나라 디즈니랜드를 소개하는 그림책을 보다가 잠깐 잠이 들었나 보다. 메인 스트리트에서 레일로드를 타고 32평방킬로를 한 바퀴 돌아보았다. 시간 분배를 잘하지 않으면 하루에 5개 구역을 모두 보기는 힘들었다. 모험의 나라, 개척의 나라, 곰의 나라, 환상의 나라, 미래의 나라라고 이름 붙인 놀이동산은 각각 독특한 볼거리와 재미가 있어 보였다.

먼저 우주여행을 했다. 의자에 앉아 지구에서 우주로 떠나는데 별이 앞으로 다가오면 요리조리 피해 가는 스릴과 아찔한 순간을 느꼈다. 괘도 열차를 타니 17세기로 돌아간 기분이 들었다. 보물을 찾으려 굴속으로 들어갔다. 박쥐 떼가 날아들었다. 공중에서 해골이 떨어지기도 했다. 귀신의 울음소리가 들리는가 하면, 보물 상자도 보였다. 무섭고 음침한 곳이어서 모험심을 기르기에 알맞은 곳이었다.

환상의 나라에 들어갔다. 아름다운 노래에 맞추어 세계 여러 나라의 의상을 입은 인형들과 많은 짐승들, 가지각색의 새들이 특별한 춤을 추며 움직이고 있었다. 즐거움을 한껏 느끼는데 어머니가 흔들어 깨웠다. 그는 눈을 비비면서 아쉬운 듯 입맛을 쩍쩍 다셨다.

아군이 북으로 전진함에 따라 보급부대인 스미스부대도 38선 이북으로 이동하게 되었다. 준호네 가족은 고향을 찾아 홍천 성산에서 대룡산 느릿재로 올라가고 있었다. 산골짜기에는 죽은 말과 전사한 중공군 시체들이 여기저기 흩어져 있나. 오뉴월이라 썩는 냄새가 코를 찔렀다.

시퍼런 왕파리 떼들이 수지맞은 듯 왕왕거리며 시체 위를 날아다녔다. 멀고 먼 곳, 이국만리 낯선 땅에서 죽은 중공군. 왜 이곳까지 와서 개죽음을 당했을까? 총알이 그 옆구리를 뚫고 나갈 때 쇠뭉치로 맞은 그런 느낌이었을까? 순식간에 아픔을 어떻게 감당했으며 죽어가면서 무어라 말했을까? 적군 시신에 붙은 파리 떼를 떡갈나무 가지로 쫓아내고 그 얼굴에 덮어주었다.

죽은 사람을 여러 번 보았다. 미움보다 더 무서운 것이 적개심이다. 감정이 둔감해졌나? 그래서 더 두려운 것일까? 이들처럼 입을 벌리고 창자를 쏟아내며 무명인으로 죽고 싶지는 않았다.

이 골짜기에서 삽을 들고 길을 닦고 있는 백인 병사와 마주치게 되었다. 노골적으로 어머니에게 달려들었다. 이놈들은 아래위도 없이 치마만 두르면 여자로 보이나보다.

"XX 오~케이."

어머니를 넘어뜨렸다. 위기감을 느낀 준호는 흙을 한 움큼 쥐고 병사의 눈에 뿌렸다. 그리고 어머니 손잡고 도망쳤다. 그 병사는 따라오지 않았다. 일부 미군 병사들은 여자들만 보면 사냥개 꿩 잡듯이 대들었다. 그러나 인민군과 중공군은 땅은 뺏으려고 전쟁을 하지만 여자들에겐 절대로 손대지 않았다.

고향을 찾아가는 이정표엔 아직도 많은 난관이 도사리고 있다. 미군들의 군기는 거품 빠진 맥주 같은 것이었다. 위험한 사망의 골짜기를 다닐지라도, 우리 가족은 아무런 대책도 없이 고난 속에서 고향으로 가겠다는 한 줄기 희망을 가지고 앞으로 앞으로 걸어 나갔다.

산길로 들어서니 찔레꽃이 반겨주었다. 누나는 찔레꽃을 좋아했다. 지금 어디서 무얼 하고 있는지. 누나 생각 간절했다.

그 후 제천에서 이별한 누나는 갈 곳이 없어 다시 그 집으로 들어가 숨었다. 그러나 흑인 병사 3명에게 강간을 당했다. 생살이 찢기고 피가 흘렀다. 그 후유증으로 며칠을 앓았다.

상처는 눈물로 아물지 않았다. 어디에다 호소할 곳도 없다. 처녀성을 잃었으니 땅을 치고 통곡해도 상처는 그대로 남아있다. 상처를 치료해 주는 것은 시간뿐이다. 상처는 아프고 쓰리지만 모든 걸 시간에 맡기고 훌훌 털고 다시 일어나 꿋꿋이 살자고 다짐했다. 고통의 시간에 너무 오래 갇혀 있으면 미래의 문이 열리지 않을 것이다. 과거는 지나갔다. 약소민족의 비애다. 가족을 찾아 함께 살 수 있는 희망을 갖자.

제천 시내로 들어와 빈집에 숨어 살았다. 그 집에 다행히 된장과 보리쌀이 조금 남아있었다. 아군이 북으로 전진했다. 구사일생으로 홀로 고향 찾아 올라오다가, 홍천읍에서 2km쯤 떨어진 연봉에서 쉬게 되었다. 농가로 배씨라는 노총각이 있었다. 참하게 생긴 누나에게 청혼을 했다. 그와 함께 텃밭도 가꾸고 5일 장 따라 장돌뱅이로 매형과 함께 옷 장사도 했다.

누나는 기침을 자주 해 춘천병원에 가서 검진을 받았다. 폐병 4기로 고칠 수 없다고 진단했다. 그 후 몇 달 못 살고 30도 못 돼 아기도 없이 하늘나라로 갔다. 누나 이름은 옥봉玉峰, 아버지가 설악산 공용 능선에서 제일 예쁜 봉우리 이름으로 불러주었다. 전쟁 통에 먹지도 못하고 활짝 피지도 못한 채 먼저 간 누나를 생각하며 준호가 찔레꽃 노랫말을 짓고 강봉수 씨가 곡을 붙였다.

찔레꽃 하얀 꽃 슬픈 이야기/ 찔레꽃 하얀 꽃 누나의 얼굴/ 기다려 기다려도 님은 안 오고/ 쓸쓸한 산골짜기 바람만 부네

찔레꽃 하얀 꽃 순결한 자태/ 찔레꽃 하얀 꽃 누나의 마음/ 기다려 기다려도 님은 안 오고/ 쓸쓸한 산골짝에 꽃잎이 지네

13
고향으로 돌아오다

어렵사리 위험한 고비를 굽이굽이 넘어 준호네 가족은 대룡산 마루에 서 있다. 한나절 청산은 졸고 흰 구름 둥둥 영 넘어간다. 그리던 고향 산천이 발아래 놓여있다. 고향은 때까치가 반가이 맞이하는 파란 하늘을 가졌다. 아득히 산안개 아래 가물가물 봉의산이 보였다. 진달래 피고 할미꽃, 냉이도 자라는 곳. 고개를 넘고 시내를 건너 구십춘광 대지가 흐르는 고향에 왔다. 고향은 어머니 품처럼 너그럽다. 피란살이에 얼마나 고생이 많았던가? 자나 깨나 고향 가겠다는 간절한 희망이 있었기에 어떠한 어려움도 참을 수 있었다. 이북 사람에겐 고향이 없다. 찾아갈 고향이 있다는 것은 참으로 행복한 일이다. 분명한 것은 고향이 있기 때문에 지금 내가 여기 서 있는 것이다. 타향살이를 해보아야 고향이 얼마나 고마운지 알게 되었다. 집도 절도 없이 반년을 떠돌이 피란 생활을 했다. 그러나 우리 가족은 믿음과 응집력으로 어려운 고비를 넘기고 무사히 고향에 안착했다.

목숨을 부지하고 드디어 반년 만에 모수물골로 돌아왔다. 그러나 뜻하지 않게 집은 잿더미로 우리를 맞이했다. 남은 물건이라고는 숟갈 하나 남지 않은 아무것도 없었다. 도청이 폭격을 맞으며 그 불똥이 튀어 모수물 마을에 옮겨붙었다고 함께 방공호에 피란했던 뿡뿡이 장 노인은 말했다.

고향에 돌아와도 아무것도 없는 빈손. 나무 한 뿌리 잡을 그루터기도 없다. 그러나 절망 끝자락에 매달려 있는 것은 희망뿐이었다. 모든 것이 끝이구나 싶을 때, 생각 너머에 발견할 수 있는 희망이 보였다. 지금까지 살아있다는 것에 감사하자. 건강하게 고향에 온 것을 감사하자. 누가 말하기를 세상은 감사하는 자의 것이라고 했다.

우선순위를 정했다. 급한 대로 도청 앞에 빈 적산가옥을 청소하고 들어갔다. 전란에 더러워진 집을 깨끗이 정리하며, 버릴 것은 버리고 간수할 것은 간수했다. 전란 중에 아름다운 기억은 간직하자. 그러나 고통의 기억은 쓰레기 치우듯이 과감히 버리자. 맨몸이지만 고향에 왔으니 '내 자신이 행복하기로 마음먹으면 그만큼 행복할 것이다'.

마당은 말 그대로 도둑고양이 새끼치기 좋을 쑥대밭으로 변해 있었다. 한 길이나 넘는 잡초를 뽑고 집 안 청소를 막 끝낼 무렵이었다. 앞집으로 미군과 양색시가 손잡고 들어가는 것을 보았다. 호기심 많은 사춘기라 그들이 하는 행동이 보고 싶었다. 그 집은 폭격에 지붕이 반파되고, 벽은 모두 허물어져 있었다.

잡초 사이로 훔쳐보니 알몸으로 뒤엉켜 움직이기 시작했다. 여자가 남자 위에 올라타고 감투거리하는 행위를 보는 순간 심장이 '쿵탁 쿵탁' 뛰었다. 성행위를 처음 보는 순간 추하기보다는 하나의 예술이랄까 남자의 본능이 되살아나고 있었다.

여자의 육체를 깨진 향수병 같은 것이라고 했던가? 하여튼 벗길수록 매력은 증발하고 숨길수록 아름다워지는 것이라고 한다. 누드를 보아서 눈먼 것이 아니라 정서의 눈이 먼다는 차원에서 눈먼 톰은 지금도 진리인 것 같다. 그날 성행위의 환영이 오래도록 뇌리에 남아있었다. 잡지 책을 보고 성적 쾌감이 느껴지는 관음중세는 아니기를 바랐다. 인간의 삶을 풍요롭게 하는 것은 감성이요 본능이다. 그 본능을 선하게 활용하면 예찬받지만, 짐승처럼 타락하면 헤어날 수 없는 어두운 길을 걷게 될 것이다. 그의 통제되지 못한 자위행위는 버릇이 되어 자신을 죄악시하는 데 더 문제가 있었다.

처음으로 성性에 대한 호기심이 생겼다. 성에 대한 궁금증을 마음 편히 물어볼 상담자가 없었다. 성욕이 강할수록 일할 의욕도 강해진다고 이웃 형이 일러 주었다. 그리고 성행위는 성인이 되어가는 과정이니 죄악은 아니라고 했다. 사춘기에 한 번도 성에 대한 교육을 어머니나 학교에서도 받아본 적이 없다. 스스로 판단하고 결정해야만 했다.

강원도청 자리에 58부대라는 흑인 보급부대가 왔다. 밤만 되면 언덕 아래로 피 묻은 내복이며 구두를 산더미처럼 내다 태웠다. 아마도 전사한 병사들의 유품인 것 같다. 옷가지가 부족한 때라 불타는 속으로 뛰어 들어가 눈을 비비고 연기를 들어 마시며 잡히는 대로 옷가지를 꺼내왔다. 재수 좋은 날이면 '도꾸리'라는 비싼 양털 스웨터 꾸러미를 차지하기도 했다. 그 물건들을 양키 물건만 파는 도깨비시장에 내다 팔면 돈이 되었다.

고향에 왔다고 하지만 살길이 막막했다. 피란민으로 온갖 신고辛苦를 겪었지만 그래도 살길이 있었다. 준호 어머니는 손쉬운 대로 양공주들에게 밥을 해주었다. 하나밖에 없는 양은 대야를 같이 사용했는데 세수하려면 비릿한 생선 냄새가 났다. 전쟁 통에 남편이 죽은 미망인이 30여만 명이었다. 그중에 양공주가 된 미망인이 얼 잡아 10만여 명이나 된다고 한다. 그들이 낳은 혼혈아들도 사회문제가 되었다. 이렇듯 전쟁에서 부녀자들이 피해를 가장 많이 입었다.

  화려함도 없이 수수한 여인, 벌도 나비도 얼씬하지 않고, 바람 부는 대로 고개 숙여 조아리네. 외롭고 처량하게 보이는 모습은 전쟁 통에 전사한 지아비를 기다리는 듯 그저 화장기 없이 소복한 아낙네 숨죽인 갈대 강가에서 울고 있네. 갈대 소리 그리움 되어 울고 있네. 가슴 깊은 곳에서 소리 내어 울고 있네. 갈대꽃은 전사한 지아비를 사랑하는 가슴앓이, 서걱거리는 소리 전쟁터에서 전사한 혼령의 소리, 마지막 가을을 보내는 계절의 여운. 가을의 끝자락을 홀로 지키며, 갈대들은 서로 몸 비비며 울고 있네. 강물도 따라서 소리 내어 울고 있네.

  미군부대 이동에 뒤따라 먼저 오는 양공주는 미군 트럭 빈 드럼통에 한 명씩 숨겨 포주가 인솔해 왔다. 달러를 벌기 위해 오산, 천안, 심지어는 전라도 경상도 색시들로 오방잡처五方雜處에서 10여 명씩 모여들었다. 처녀가 대부분이지만 선생으로 남편을 잃은 과부와 아기가 딸린 주부도 있었다. 이런 집을 병사들은 '호하우스 whore house'라 불렀다. 전시라 은행도 없었다. 번 돈을 어머니에게 맡기고 나가 돈을 벌어왔다. 재수 없게 고약한 미군을 만나면 '그것 주고 뺨 맞는다는 격'으로 지니고 있던 달러도 모두 빼앗긴다고 했다. MP가 와도 말이 통하지 못하니 범법자를 보고도 잡지 못하는 인권 사각지대에 놓여 있었다. 양색시들의 영어 회화 실력은 대부분 이 정도였다.

"꼬꼬 베비, 기부미."

"?… 아~ 에그 데스, 에그."

달걀을 달라는 말이었다. 그 흑인 병사는 무슨 뜻인지 곰곰이 해석하면서 배꼽을 쥐고 떼굴떼굴 구르며 웃었다. 무엇보다도 무서운 것은 성병이었다. 미군 중에서 임질이나 매독 보균자가 더러 끼어 있었다. 임질은 페니실린 주사 몇 대 맞으면 완치되었다. 그러나 매독에 걸리면 신세 망치는 병이다. 심하면 코가 떨어지고 아기를 낳아도 뇌성마비나 기형아로 태어나기도 했다.

보건소나 병원이 없는 일선지구라 치료할 곳도 마땅치 않았다. 하루하루 목숨을 걸고 달러와 바꾸는 불쌍한 여성들이었다. 산업시설이 없던 그때, 그들이 달러를 벌어들이는 유일한 창구였다.

양공주는 스스로 섹스노동자라고 불렀다. 그중에 대학을 중퇴했다는 미스 홍은 이렇게 주장했다.

"쾌락을 바치는 것도 일종의 수고일 수도 있고, 노력을 요한다. 그로 인해 수당을 받을 수 있는 일정한 노동이라고 생각한단 말이야."

섹스 노동은 불법이다. 그럼에도 응달에서 꾸준히 자라왔다. 돈을 벌기 위해 거짓 착한 척 웃음을 파는 존재일 뿐이다. 섹스는 늘 구매자가 존재하는 한, 오래된 육체노동인 동시에 반도덕적 행위로 억압당하는 이중적인 수난을 당하고 있었다. 양공주들은 남성의 참을 수 없는 심급甚急을 빨고 또 빨아서 마지막 한 방울까지 거덜 내고자 했다. 제자리에서 돌아앉아 다른 손님을 받았다. 그런 여자들에겐 미군들의 부풀어 오른 근육덩어리를 풀어주는 그 이상 아무것도 아니었다.

전란 직후 굶주림에 찌든 사람들의 눈물 어린 삶의 명암이 서려 있는 현장이었다. 풀칠하기조차 어려웠던 여인들에게 연명의 끈을 이어준 유일한 곳이었다.

양공주들이 낳은 아이들은 대부분 외국으로 입양해 갔다. 그들 중에 미국인에게 시집간 어머니가 인종차별이란 어려움 속에서 숱한 고통을 겪었지만 삶을 포기하지 않고 살아온 여인이 있었다. 그 어머니를 "내게는 영웅이었다."고 했다. 그분 딸은 미군 기지촌 혼혈아 출신이다. 미국 이민으로 현대사의 질곡을 겪은 어머니를 대상으로, 사회학자 '그레이스 조'는 그녀의 일생을 기록하여 화제가 되기도 했다.

심한 인종차별과 어려운 형편에서도 실망하지 않고 꿈과 희망의 사과나무를 심으면, 새싹이 돋아나고 때가 되면 후일에 반드시 그 열매를 얻게 된다. 이들의 고난 위에 오늘날 잘사는 대한민국이 서 있다.

어느 날 준호는, 모처럼 삼거리에서 만난 미군 병사가 "양공주가 있는 곳이 어디냐?"고 묻기에 가르쳐주고 1달러를 받았다. 낯선 아저씨가 다가왔다. 다짜고짜 그의 뺨을 후려갈겼다. 얻어맞고 얼떨떨해하는 그의 멱살을 잡고 경찰서로 끌고 갔다. 그 형사는 분이 안 풀렸는지 씩씩거리며 말했다.

"앞길이 창창한 놈이 무엇을 못 해 먹어 뚜쟁이 노릇을 해?"

"난 안 그랬어요. 뭣을 잘못했는데요?"

"이놈 봐라! 도둑놈 변명하듯 하네!"

그 옆에 앉아 있던 분이 국민학교 친구 석호 아버지였다.

"내 자식 친구야. 이 학생은 그런 사람이 아닐세. 봐 주게."

야단맞고 허둥지둥 경찰서에서 풀려 나왔다.

형사에게 야단맞았다고 기죽지 말자. 그러나 돈 받고 뚜쟁이 노릇을 한 짓은 분명 잘못이다. 실수 한 번 했다고 타락한 것은 아니다. 실수를 한 다음이 더 중요하다. 깨닫고 다시는 똑같은 실수를 하지 않는 것이다.

전쟁 통에 학교를 나가지 못하는 형편이었다. 피란 보따리 속에 영어 교과서를 지니고 다녔었다. 옆집에서 흑인 군인과 살림하는 양색시가 있었다. 그 색시에게 부탁하여 '하우스 보이'로 들어갔다. 영어 회화를 배우려는 목적이었다. 영어 한마디를 익히면 새로운 세계가 열릴 것만 같았다. 미국을 알고 그 문화와 사람들을 이해하게 될 것이다. 그러므로 영어는 훗날에 큰 힘이 되어 돈도 벌 수 있다는 생각에서 부대로 들어갔다.

흑인 58부대 워커(군화) 보급실에서 일하게 되었다. 세 명 군인이 근무하고 있었다. 그중에서 준호를 데리고 간 존슨 하사가 선임자였다. 그 밑에 흑인 튀기 병장이 까다롭게 굴었다. 그는 회색 얼굴에 곱슬머리였다. 보통 키에 날씬한 몸매인 그는 흰자위가 별나게 큰 눈으로 준호를 노려보며 잔소리를 해댔다. 천막 막사라 청소를 해도 티가 나지 않았다. 흰 장갑을 끼고 다니면서 먼지 묻은 곳을 지적하고 다시 시켰다. 영문 타자라도 배우려고 하면 가까이 가지도 못하게 했다.

하루는 오징어 다리를 씹다가 들켰다. 미국 사람들이 오징어 냄새를 싫어하는 줄을 몰랐다. 여자 그 부위의 냄새 같다고 했다. 호되게 야단맞았다. '내 피부색보다 내 미덕美德이 무엇인지 물어다오.'라는 아랍 속담이 있다. 인간을 잔인하게 만드는 편견 중에 가장 맹목적인 것이 인종차별이다. 흑인들도 백인들에게 업신여김을 당하면서도 한국인을 무시한다. 어떤 모욕을 당하더라도 열심히 청소도 하고 심부름도 했다. 그래 보았자 세 명의 병사가 거두어 준 한 달 봉급은 60달러였다.

이 58부대에도 20여 명의 노무자가 있다. 주로 일선에서 나오는 죽은 병사들의 옷가지를 차에서 내리고 옮기고 정리하는 일이었다. 헌 옷만 걸치고 출근해서 퇴근할 때는 새것으로 골라 입는다. 속내의를 겹으로 껴입고 도꾸리라는 스웨터와 양털이 들어있는 시오리 코트, 마지막으로 반코트를 입고 퇴근한다. 입고 있는 옷은 단속에 걸리지 않았다. 수시로 그 옷들을 벗어서 수입을 잡았다.

어느 날 달 밝은 밤에 저쪽으로부터 드럼통이 굴러오고 있었다. 보초가 아무리 눈을 씻고 보아도 '텅~텅~텅' 혼자 굴러오고 있다.

"귀신이야⋯ 귀신."

보초병은 기겁을 해 달아났다. 노무자 두 사람이 누워서 발로 휘발유가 들어있는 드럼통을 굴려 나오다가 발각되었다고 한다.

좀도둑은 만 개의 자물쇠를 만 개의 열쇠로 열고, 큰 도둑은 만 개의 자물쇠를 한 개의 열쇠로 연다고 했다. 흑인 병사와 짜고 대낮에 반출증을 위조해서 휘발유 열 드럼을 내다 판 간 큰 사람도 있었다.

하루는 근무시간 오후인데 존슨 하사가 준호에게 함께 밖으로 나가자고 했다. 바로 뒤에 있는 신사 건물은 텅 비어 있었다. 아랫도리를 벗으라고 했다. 준호는 어리벙벙했다. 강제로 벗기더니 방망이 같은 물건이 그 아이의 항문 속으로 들어왔다. 생살이 찢기는 아픔이 왔다. 소리 질렀다.

"아~아~ 아퍼, 아퍼."

피와 함께 고름 같은 액체가 팬티에 묻어났다. 그 흑인 하사는 색정 도착증 환자였으리라. 이건 미성년 성폭행 아닌가? 아무리 무시해도 이럴 수 있단 말인가? 그 억울한 사정을 어디에다 호소할 길이 없었다. 두고 보자. 잘 살아야 더러운 모욕은 당하지 아니하리라. 이런 반항심이 불끈 끓어 올랐다. 그 길로 그만두었다. 화장실 갈 때마다 한동안 치질로 몹시 고생했다.

마음 상한 일을 너무 오래 남겨두지 말자. 다 읽은 책을 덮듯이 그렇게 덮어두자. 억울해할 시간을 더 가치 있는 일에 힘쓰자. 지나간 나쁜 일을 붙들고 있으면 앞으로 나아가지 못한다. 오늘의 기회를 놓치면 내일의 열매를 기대할 수 없다. 잡념을 없애고 장사에 몰두하는 것이 삶을 완성시키는 지름길이라고 생각했다. 오늘의 초라한 모습은 준호 자신의 선택으로 온 것이다. 지금 바꿀 수 있는 힘은 바로 자신의 생각 속에 있음을 깨달았다.

한 번 실패했다고 해서 내 청춘이 끝나는 것이 아니다. 포기하지 않는 한 기회는 또 올 것이다. 최후의 승자는 한 번도 넘어지지 않는 사람이 아니라 넘어져도 다시 일어나는 사람이다. 준호 인생에 포기란 없다. 실망하지 말고 엉뚱하게 다른 생각을 해보자.

한국전쟁 이후 미군이 주둔해 있는 곳에는 기지촌基地村이 생겼다. 전란 직후 굶주림과 가난에 찌든 사람들의 눈물 어린 삶의 명암이 서려 있는 현장이다. 살기조차 어려웠던 사람들에게는 '아메리카 드림'의 진원지가 되었다.

인근 요선동에 사창社倉고개가 있다. 조선시대에 보릿고개인 봄에 백성들에게 곡식을 꾸어 주었다가 가을에 받아들이는 창고였다. 그런데 묘하게도 앞두루(근화동)에 '캠프 페이지'라는 미군부대가 들어왔다. 이후에는 주민들 사이에 사창私娼고개로 오용되는 아픈 역사가 숨어있다.

소양로 나지막한 언덕배기부터 부대 정문에 이르는 2백여 미터 거리에는 판잣집이 다닥다닥 붙어있었다. 이곳이 양공주 집성촌이었다. 길 폭은 두 사람이 겨우 비켜나갈 만큼 좁지만, 밤이면 외박을 나온 장병들이 여가를 즐기려고 불야성을 이루고 있었다. 한때 성업 중일 때는 미군 전용 카바레와 클럽이 10곳이 넘을 때도 있었다. 이 부대 어귀에는 군장과 미군들이 즐겨 찾는 기념품 같은 물건을 파는 잡화상이 있었다. 전생 동에서도 이곳만은 활기차게 장이 섰다.

준호는 큰길 한 귀퉁이를 얻어 좌판을 벌였다.
"일단 시작해 보자. 내 힘으로 장사 잘 할 수 있어!"
시작하지 않으면 아무것도 없다. 위기와 기회는 동전의 양면과 같다. 한 번도 겪어보지 못한 장사를 해 성공하는 확률은 반반이다. 명백한 사실은 결코 장사를 해 실패하지 않기를 바라는 마음이다.

재주보다 용기다. 용기를 내서 장사를 하면 성공할 것이라는 믿음으로 시작했다. 굳게 다짐하는 출발점이다. 지난날의 수모를 모두 떨쳐버리고 희망을 가지고 나가면 반드시 새로운 길이 열리리라 믿었다. 운은 오늘 이 순간 잠시 내 손에 머무는 것이리라. 하지만 행운은 내일도 모레도 내 것으로 만드는 것이다. 지금 당장 시작하자. 오늘 어떻게 시작하느냐가 운과 행운의 갈림길이 될 것이다. 여건을 만들어 가는 길목에 행운이 기다리고 있다.

깊은 강을 만나도 두려워하지 않는 물고기처럼, 험한 산기슭에 꽃 피우기를 무서워하지 않는 꽃처럼, 준호는 새로 장사를 하려고 일어서는 강한 용기가 필요했다.

달러가 그의 손에 들어오니 신기했다. 장사는 신명 나는 일이다. 피곤한 줄 모르고 그 일에 몰입했다. 장사가 제일이라는 것을 깨닫기 시작했다. 장사를 시작하니까 많은 사람들과 알게 되었다. 미군 군속들에게서 경제활동에 쓰이는 군표를 싼값에 넘겨받았다. 그 군표로 시중에서 구하기 힘든 양주 조니워커며 럭키스트라이크 담배, 미군 야전 식량인 C레이션 등 PX 물건을 샀다. 그 물건을 싸게 사서 되팔면 몇 곱 남았다. 몇몇 미군들도 단골이 되어 양주나 담배를 가지고 나왔다.

처음 장사해서 번 돈 5백 달러를 어머니께 드렸다. 실로 미군 하우스 보이 월급보다 훨씬 많은 돈이었다.

"장사꾼에게 가장 중요한 것은 신용이란다. 신용은 얻기는 힘들어도 잃기는 쉽단다. 이루기는 어렵지만 지키기는 더욱 어렵다. 조금 이루었다고 해서 우쭐대거나 한눈 팔면 한순간에 무너질 수 있다. 이룰 때는 선택과 집중, 지킬 때는 절제와 겸손이 필요하단다."

준호에게 해로운 행동을 한 흑인 존슨 하사는 마음을 아프게 했다. 그 일로 격분하여 장사를 시작했다. 강인하게 홀로서게 했으니 원한의 대상이 아니라 감사를 보내야 하지 않겠는가? 그 수치스러운 일로 열등감을 갖지 말자. 자신을 사랑하고 자신감을 갖자. 모자라는 것은 채우고 넘치는 것은 조절하면서 작은 일에도 감사하자.

모처럼 어머니께 양털로 짠 수공 스웨터를 선물했다. 기뻐하시며 말씀하셨다.

"장하구나 내 아들아! 노력의 양은 네 성공과 행복의 수준이 결정한단다. 결실은 수고 뒤에 맺은 열매야. 지금의 수입으로 만족하지 말거라. 만족할 만한 수준에 도달했다 하더라도 늘 해이해지는 마음을 경계하여라. 솔직하고 성실하여라. 이것은 믿음과 신용이라는 이름의 재산이란다. 상도商道를 시켜라.

여러 사람을 상대하는 것이 장사다. 중요한 일은 손님 한순간 한순간을 상대하는 직업이다. 물건을 사든 그냥 사든 사람들을 친절히 대해 주면 다시 오게 된단다."

어머니는 준호에게 이렇게 당부했다.

준호가 쉬는 날이었다. 우리 집에 자주 놀러 오는 40대 이웃 과부가 있었다. 남자를 밝히는 그녀는 딸 넷 모두 성이 다르다. 노무자 중에서 황해도에서 피란 온 한씨가 있다. 그는 홀아비로 성에 굶주리고 있었다. 인간은 밥만 먹고 살 수 없는 동물인가 보다. 두 남녀는 눈이 맞아 점심시간에 우리 집 사랑방에서 낮거리를 하고 있었다. 안방에까지 숨넘어가는 소리가 들렸다. 옹녀가 칠월 칠석에 변강쇠를 만나듯 오랜 시간 즐기더니 '헉~헉' 소리 끝에 조용해졌다. 그들이 가버린 방구석에는 분비물을 닦은 누런 휴지가 놓어있었다. 얼마나 좋으면 염치도 없이 낮거리를 했을까? 준호는 성교에 호기심이 발동했다.

성탄절이 지나고 연말이 되니 어쩐지 마음이 허전하고 슬펐다. 미군들이 드나드는 카바레에 들어갔다. 호화찬란한 네온사인에 징글벨 노래소리도 경쾌했다. 그곳의 어린 티가 나는 날씬한 몸매를 한 미스 리가 마음에 들었다. 팁을 듬뿍 주고 술 취한 김에 여관에 들어갔다. 그녀와 하룻밤 만리장성을 쌓았다. 처음 여자와 교접하는 순간 왜 그리 떨리는지? 고였던 정액을 빼내고 나니 허무하다. 쾌락보다는 동정을 잃었다고 생각하니 마음이 꺼림직했다. 과로 때문에 쓰러지는 사람도 있다. 하지만 낭비와 번민으로 쓸데없는 괴로움을 낳아 자신을 소멸시킨다는 것을 깨달았다. 하룻밤의 관계를 맺는 사람과는 돈거래를 하지만, 사랑하는 연인과는 돈거래를 하지 않을 것이다. 병원과 약국도 들어왔다.

하루 이틀 며칠 지나니 생식기가 붓고 뜨끔거렸다. 부끄럽지만 비뇨기과에 가서 검사를 받았다.

"흔히 걸리는 임질입니다. 몇 번 오서서 치료받으시지요. 거기 여자들 대부분 보균자들입니다."

현재 그가 닥친 문제는 무엇인가? 성욕이다. 이 문제는 자신을 파괴하는 폭탄이 아니라 새로운 세계를 체험하는 것이리라. 청춘 성장통이다. 이 새로운 경험은 앞으로 결혼생활에 도움이 될지 모른다. 이 문제는 내 인생에 전체가 아니라 일부다. 그러므로 다시는 실수하지 않도록 조심하리라. 돈이란 칼날 같아서 선한 일에 쓰기도 하고 나쁜 일에도 쓰이는구나?

한순간의 실수는 어른으로 가는 성장통이다. 그 과정을 지나야 새로운 경험을 얻는다. 누에는 다섯 번 허물을 벗고 고치를 짓는다. 탈피 없이는 생명의 성장과 성취는 불가능하다. 그것이 성장의 비밀이며 역사의 신비이다. 변화를 모르거나 두려워하면 죽은 인생이다. 누에가 껍질을 벗듯 죄의식을 벗어버리자. 한 번 넘어진 돌부리에 다시는 넘어지지 말자.

성병을 앓고 나니 무엇보다 가장 절실하게 와 닿는 문제는 역시 건강이다. 건강하지 못한 육체가 주는 고통과 건강을 돌보지 못해 인생 전체를 잃게 될지도 모른다는 두려움만큼 심각한 것은 없으리라. 방심을 조심해야 한다. 잘 되어 나갈 때 한 번 더 살펴보고 더 조심해야 하겠다. 방심이라는 불티 하나에 지금까지 쌓아 온 공든 탑이 불타버릴 것이다.

미군 PX 물건은 미군과 군무원들이 들고 나왔다. 그 물건들은 양키시장으로 흘러나왔다. 이곳을 '아미(蛾) 시장'이라고 불렀다.

준호는 미군 부대에 다니는 군무원이 들고 나온 PX 물건인 카메라, 시계, 영사기, 커피, 양담배, 양주 등 고가의 사치품 5천여 달러어치를 샀다. 거래를 막 마치자,

"바가지 떴다!"

곧바로 미군 MP가 트럭을 몰고 와 급습했다. 이 신호 한 마디에 이 구석 저 구석에서 재빨리 감추느라 정신없었다. 준호는 워낙 물건이 크고 많아서 압수해 갔다. 순간 실수로 큰 손해를 보았다. '잃은 것이 얻는 것'이라는 성경 말씀이 떠 올랐다. 손해를 받아들일 줄 알면 그릇이 큰 사람이다. 그릇이 큰 사람은 이익을 보는 사람, 성공하는 사람이다. 지금 당장 잃은 것, 손해 본 것으로 실망하지만, 아픔을 딛고 더 크게 번창하려는 신의 섭리이니 낙심하지 말고 다시 일어서자. 그로 인해 주저앉으면 패배자가 된다. 처음 장사할 때의 그 용기로 돌아가자. 얼마든지 오뚝이처럼 다시 일어서자! 더 열심히 일하자. 그러면 승리자가 되리라.

"나는 부자가 될 것이다. 언젠가는 부자가 될 것이다. 마음속 깊이 나는 믿는다."

아침에 출근할 때마다 크게 외치고 나갔다.

C레이션은 만물상이다. 그 속에 깡통 소고기, 껌, 커피, 코코아, 비스킷, 크래커, 잼, 초콜릿, 캐러멜이 들어있다. 종류별 낱개로 팔았다. 미군 야전용 식량이 구색을 갖춘 먹거리에서 간식거리까지 사뭇 다채롭다.

앞집은 꿀꿀이죽을 파는 음식점이었다. 미군 부대에서 나오는 음식 찌꺼기에는 먹다 남은 빵과 치즈, 햄, 통조림 소고기가 들어있다. 드럼통을 반으로 자른 솥에 이 재료를 넣어 끓이면 짬뽕 음식이 되었다. 준호도 점심에 꿀꿀이죽을 사 먹었다. 어떤 때는 꿀꿀이죽에서 담배꽁초나 휴지 조각이 묻어 나와도 슬그머니 골라 버렸다.

임시로 살고 있는 적산가옥 천장을 바르려고 뜯어보니, 대들보에 신문지로 싸놓은 돈뭉치가 있었다. 일만 달러라는 큰돈이었다. 흔히들 전쟁 통에는 땅속이나 천장에서 보화가 나오면 보는 사람이 임자라고 했다. 준호는 일생에 천재일우千載一遇의 횡재를 했다. 그러나 노력하지 않은 돈은 화를 가지고 온다고 했다. 어머니는 주인을 찾아 17세 나이 어린 양공주 미스 양에게 돌려주었다. 이 모습을 바라보는 그는 정직이라는 단어를 가슴 깊이 새겼다. 그것은 많은 돈으로도 바꿀 수 없는 값진 교훈이 되었다.

어머니가 밥장사를 해 번 돈과 준호가 장사한 돈으로 작은 집을 짓기로 했다. 적산 땅인 봉의동 동회자리였다. 양지바른 고개언덕 삼십여 평에 기와집골 헌 목재를 사다가 뼈대를 세웠다. 고씨는 어깨너머로 배운 서툰 목수였다. 준호 어머니가 머리에 이고 주춧돌을 날라왔다. 물자가 귀한 때라 지붕은 널빤지 위에 미군 부대에서 나오는 레이션 종이상자를 씌웠다. 방 세 칸에 부엌이 딸린 아담한 새집을 갖게 되었다. 어머니와 준호가 그동안 열심히 일한 결과 새집으로 이사를 했다. 천장에서 나온 돈으로 함석지붕을 올릴 수 있었는데 하는 아쉬움도 남아있었다.

우리 동네 봉의산은 예쁜 꽃을 피우고도 자랑하지 않았다. 아름다운 열매를 맺고도 으쓱거리지도 않았다. 산새 작은 식구가 늘어도 속으로만 기뻐했다. 이렇게 봉의산은 겸손하고 말이 없다. 변덕스럽지도 않다. 사랑을 주면서도 불평 한마디 없었다. 준호가 위험한 고비를 넘길 때마다 봉의산을 생각했다.

이런 위기는 욕심에서 비롯되었다. 봉의산은 그를 다시 일으켜 세웠으며, 세상을 넓게 볼 수 있는 지혜를 주었다. 우둔한 그에게 제자리에 바로 서도록 끊임없이 인내하며 지켜봐 주었다.

봉의산은 준호에게 필요한 모든 것을 아낌없이 주고 다 받아들였다. 어려서는 놀이터요, 주전부리 장소요, 열매와 땔감까지 모두 내어주었다. 봉의산은 친구처럼 즐거운 놀이동산이며 생명력이 넘치는 산이었다. 태고에 큰 새 한 마리 소양강가에 앉았다. 그 큰 나래로 포근히 쌓아 춘천을 키운다. 호반의 도시로 관광 명소로 통일 전초기로, 퍼덕여라 웅비하라 정기어린 봉의산이여!

이제 모수물골에서 놀던 어린 시절은 아름다운 색깔로 채색되어 다가온다. 어린 시절이 우리에게 아름다운 추억으로 다가오는 또 한 가지 이유는, 그 시간들이야 말로 현실성 없는 더할 나위 없는 놀이 과정이었기에 때문이다. 더할 나위 없는 놀이 과정은 인생에 있어서 최상의 즐거움을 보장해 주는 시간이었다. 그 시간 속에서 우리는 노는 것만이 유일한 일일 뿐이었다.

굽이치는 소양강가에 봉황이 앉아 있다. 그 새는 오동나무에 깃들이는 전설의 불사조다. 몽골·왜적 막고 의병 일으킨 곳이다. 공산군과 맞선 싸움터로 푸른 산 맑은 정기는 관광 명소로 통일 일번지로 살기 좋은 내 고향이다. 어릴 때 모수물골은 흔적도 없고, 흰 구름만 둥실 흘러간다. 옛 성터에.

14

50년 후에 만난 김명규 대령

준호는 '6·25전쟁 춘천대첩 50주년기념행사' 초청장을 받고 춘천종합운동장에 도착했다. 그곳에서 분당에 살고 있는 김명규 대령을 만났다. 얼마 만인가? 50년의 세월, 서로 안고 포옹을 했다. 가슴을 맞대어 체온을 느끼고 숨소리를 나누었다.

쌍용부대 장병들이 드넓은 운동장에 도열해 섰다. 군악대의 힘찬 행진곡 연주로 행사는 막을 올렸다. 사회자가 참전용사들을 차례로 소개했다.

"강준호씨를 비롯하여 많은 학생들이 참전하여 큰 공을 세웠습니다. 모두 자리에서 일어나 주시기 바랍니다."

그는 어리둥절한 가운데 일어섰다. 스탠드를 꽉 메운 관중들의 우레 같은 박수가 터져 나왔다. 이 박수는 그가 받을 박수가 아니라 이름 없이 죽어간 무명용사들이 마땅히 받아야 할 박수였다. 생명이란 살아있다는 기쁨일 것이다. 지금까지 살아왔다는 기쁨보다는 형언키 어려운 부끄러움이 밀물처럼 밀려오고 있었다. 김명규 대령이 그의 손을 꼭 잡아주었다. 50년 전에 일어났던 전쟁이 영화필름처럼 스쳐 갔다.

준호는 50년 전 6월 27일 김명규 중위와 춘천역에서 언제 만날지 모를 기약 없는 작별을 했었다. 그는 병원 열차를 타고 서울로 향해 출발했다. 의암터널을 빠져나갈 무렵 갑자기 총탄 수십 발이 날아왔다. 차창이 깨지는 소동이 일어났다. 김 중위는 깨진 창 너머로 밖을 보니 강 건너 사막산 도로 위에 인민군 일개 중대의 마차부대가 있었다. 그 적군이 가평으로 남하하면서 총격을 가해 왔다. 기관사는 기지를 발휘하여, 후진하여 터널 속으로 들어가 위기를 가까스로 넘겼다.

신남역에서 군의관과 위생병이 인근 부락 대한청년단에게 환자 수송을 요청했다. 자원하여 20여 명의 장년들이 지게를 지고 나왔다. 걸을 수 있는 환자는 걷고, 중환자는 지게에 실어 부상당한 장병들은 이튿날 저녁 무렵 원주역에 도착했다. 역에는 제6사단 사단장이 부대 이동을 지휘하고 있었다. 많은 부상자가 오니 시민들은 전쟁 상황을 물었다. 김 중위는 지게에서 내렸다.

"춘천이 27일 저녁 무렵에 적 탱크와 장거리포의 공격으로 후퇴한 후 점령당했을 것입니다."

그렇게 말했다. 서울도 같은 날 점령당했으니 기차가 춘천에서 서울로 가지 못한 것이 천만다행이다 싶었다. 다음날 환자들은 부산행 열차로 후송되었다.

장소를 옮겼다. 바로 김명규 대령이 적의 포탄을 맞고 쓰러진 자리에 '춘천대첩 전승기념탑'이 멋지게 세워졌다. 이 탑을 바라보는 김 대령은 남다른 감회가 깊었다. 그는 평북 용천이 고향이다. 해방이 되자 공산당은 토지개혁을 한다는 구실로 지주의 토지를 몽땅 뺏어갔다. 아버지는 화병으로 돌아가시고, 부르주아로 낙인찍혀 신변에 위협을 느껴 그 이듬해 월남했다. 곧바로 육군사관학교를 거쳐 장교로 임관했다.

준호네 집에 하숙하면서 그의 사범학교 입학금을 선뜻 내주신 그 분이시다. 전쟁 통에 살아서 다시 만나 뵈니 기쁘고 감사한 마음이다.

좋은 인연이란 김 대령과의 만남이다. 그를 사범학교에 입학하도록 도와주셔서 교사의 길로 간 것은 하늘이 주신 큰 선물이었다.

대한민국을 위한 기도

생과 사를 주관하시는 하나님, 제 기도 꼭 들어주세요
북한 공산당은 남한을 적으로 보고 핵무기로 엄청 겁주고 있어요
그러나 (○○○)는 목숨을 바쳐 대한민국을 지키겠어요

전쟁은 하나님께 속한 것이니 힘센 오른팔로 막아 주세요
콩깍지로 콩 삶듯 형제끼리 피 터지게 싸우지 말아야지요
어리석은 우리 백성 모두 죽겠어요

오! 못할 일 없으신 하나님
간절히 기도하오니 북한이 자랑하는 핵폭탄이 고철 되어
여리고 성 무너지듯 휴전선 무너져 평화 통일 이루게 해 주세요

지금까지 대한민국을 눈동자와 같이 지켜 주신 주님 감사해요

남북한이 얼싸안고 대대손손 금수강산 한반도에서
영원히 행복하게 살게 해 주세요

예수 그리스도의 이름으로 기도드립니다
아~멘

　우리 5천만 국민이 매일 아침마다 합심하여 기도드리면 기적이 일어날 줄 믿습니다. 어린이들도 함께 기도하도록 쉬운 말로 기도문을 작성했습니다.

참고 문헌

- 춘천대첩선양회, 「6·25와 춘천대첩」
- 조선일보, 강원일보
- 함석헌, 『뜻으로 본 한국역사』, 한길사, 2014
- 정승수, 몸으로 막은 고향땅(강원도민일보 6회에 걸쳐 실었음, 1999년 6월 15일~6월 28일)
- 춘천문화원 편집, 「춘주지」, 춘천시 발행(1984. 2. 28.)
- 정승수, 「모진강의 예언(춘천 설화)」, 춘천문화원 발행
- 명문장 카드 5백 장 모음